Franz Kafka

BİR KÖPEĞİN
ARAŞTIRMALARI

Türkçe/Deutsch

Forschungen eines Hundes

ISBN: 978-605-4922-80-2
©Alter Yay. Rek. Org. Tic. Ltd. Şti.
Yayıncı Sertifika No: 11483

KİTABIN ADI: Bir Köpeğin Araştırmaları
KİTABIN ORİJİNAL ADI: Forschungen eines Hundes, 1920
Investigation of a Dog
YAZAR: Franz KAFKA
ÇEVİREN: Hasan İLHAN
BASKI ADEDİ: 2000

Alter Yay. Rek. Org.Tic. Ltd.Şti
1.Cd. Elif Sk. No:7/165
İskitler / ANKARA
www.alteryayincilik.com
alter@alteryayincilik.com

BASKI: Bil Ofset Tesviyeci Cad.
Simtes İş Hanı No: 5/7
İskitler /Ankara
Sertifika No: 23261

DİZGİ & KAPAK: Özlem ŞENTÜRKLÜ

BASIM TARİHİ: 2014

I

Hayatım ne kadar da değişti. Buna rağmen yine de, sanki hiç bir şey değişmemiş ve aynı kalmış gibi! Geriye bakıp da henüz köpek toplumunun bir üyesi, üstelik bu toplumun her kaygısını paylaşan bir üyesi, yani köpekler içinde bir köpek olduğum günleri hatırladığım zaman, en başından beri, en saygın kamu görevlerinin bile unutturamadığı rahatsızlık veren bir hissi bende oluşturan bir farklılığı anlıyor ve içten içe bir uyuşmazlık olduğunu farkediyorum. Hatta doğrusunu söylemek gerekirse bu sık sık oluyor. Hatta çoğu zaman, çok sevdiğim bir köpek arkadaşın, yalnızca tek bir bakışı, sanki ilk kez farkına varmışım gibi, beni korkutuyor ve çaresiz bir şekilde çevreme bakıp duruyorum. Bu tür çaresizlik duygularımı ve korkularımı olabildiğincee yatıştırmaya çalışırdım her zaman. Kendilerine bu endişelerimden bahsettiğim dostlarım her zaman bana yardım etmişlerdir. Onlardan yardım istediğimde ve sorunumu onlara anlattığımda artık rahatlamış oldurdum Ancak bu sadece bir süreliğine olurdu. Sonraları bu endişelerimin tamamen son bulmayacağını büyük bir bilgelikle anladım. Bunu anlamış olmakta içimi tarif edemeyeceğim bir hüzünle doldurdu. Endişelerim beni biraz soğutmuş dahi olsa utangaç ve içine kapanık karakterime olumsuz yansımıştı. Daha hüzünlü ve uyuşuk olmuştum ama her şeye rağmen oldukça normal köpektim. Kabul etmiş olduğum bilgeliği sürdürebildiğim ölçüde yaşamımı daha huzurlu sürdürebiliyordum.

Bu konuda işin doğrusunu da söylemeliyim; yaşadığım bilge anlayış olmasa ben beni nisbeten rahatlatan bu olgunluğa gelebilir miydim? Gençken yaşadığım korku dolu dönemleri nasıl aşabilir ve oradan yaşlılığın korkularına ve oradan da şu an içinde bulunduğum ve son derecede menun olduğum bu halime nasıl gelebilirdim. Herkesin bildiği mutsuz dönemlerimi aşarak, hatta biraz yumuşatarak söylersem, mutlu olmadığım durumları geride bırakarak şu anki umarsız ve uyuşukluk içinde bulunduğum durumuma nasıl ulaşabilirdim? Tek başımayım ve artık bir köşeye çekilmiş önemli bir sonuca varmayacak bile olsalar kanımca mutlaka yapılması gereken bir takım işleri yaparakve gerçekte sadece kendimi oyalayarak yaşıyorum.

Yalnız kendimi çektiğim bu herkesten uzak mekanda halkımın neler yaptığını da hiç bir şey kaçırmadan izliyorum. Onlardan bana haberler geliyor ve arada bir gerektiğinde ben de onlara kendi haberlerimi gönderiyorum.

Herkes bana saygı gösteriyor ama benim yaşam tarzımı anlamamakta ısrarlılar ama buna rağmen bana karşı bir düşmanlık göstermiyorlar. Hatta bazen uzaktan da olsa gözüme ilişen bazı genç köpekler, bana saygılı olduklarını belli eden selamlar gönderiyorlar. Ben çoğunun az ya da çok çocukluklarını hatırlıyorum.

Niye mi böyle yapıyorlar? Ben çok garip ve anlaşılmayan bir köpek olsam da kendi türümün yasalarına karşı her zaman saygılı olmuşumdur. Bu nedenle onlar benim bu bağlılığıma saygı duyar ve bana karşı saygılı olurlar.

Zamanım olduğunda, durumum ve yeteneğim ölçüsünde ki bu iş için yeteneklerim uygundur, gerçekten köpekliğin her yönden olağanüstü bir kurum olduğunu düşünürüm. Bu mutlak surette böyledir. Biz köpeklerden dışında bu dünyada sayısız başka yaratık vardır Çoğu bir dil kullanarak değil de el kol işaretleriyle ya da birtakım mekanik seslerle anlaşan zavallı diyebileceğim, sınırlı yetenekleri olan ve hatta dilsiz yaratıklar:

Biz köpeklerin birçoğu onları çeşitli şekillerde isimlendirerek anlamaya çalışır ve analiz ederler. Hatta onlara yardım etmeye, onları eğitmeye, onların yeteneklerini artırmaya çalışırız.

Bana gelince; beni rahatsız etmeye çalıştıkları zamanlar dışında, onlarla hiç bir işim olmaz. Tamamen ilgizi görünürüm. Benim için hepsi aynıdır ve onları tanımazdan gelirim. Yalnız benim de gözümden kaçmayacak kadar açık bir şey var: O da, biz köpeklerle karşılaştırıldığında, birbirlerine sokulmaya ne kadar az istekli oldukları hiç gözümden kaçmaz. Birbirlerinin yanından hiç tanışık vermeden ve nasıl garip bir düşmanlıkla geçtikleri ve bunu yaparken nasıl kimseye çaktırmadan sessizce davrandıkları, yapmacık davranışları, sahtelikleri, onları birbirlerinden koparmayan ilişki yumağının ne kadar adice; ve yine bu karşılıklı çıkar ilişkilerinin onların arasında zaman zaman kavgalara ve büyük nefretlere nasıl neden olduğu dikkat çekicidir.

Bir de biz köpeklerin nasıl olduğunu düşünün! Hepimizin, birbirimizden tamamen farklıyızdır. Bu büyük değişiklikler zamanla ortaya çıkmıştır. Sayılamayacak kadar çok değişiklikler nedeniye birbirimizden çok ayrı olsak bile, tam anlamıyla bir köpek topluluğu olarak yaşadığımız hiç çekinmeden söylenebilir. Bizi birbirimize bağlayan çok önemli bir şey vardır, bu topluluktan gelen uyarıya katılmamızı hiç bir güç engelleyemez. Bizi bir birbirimize bağlı kılan nedenler ve hatta çoğunu unuttuğum bazıları, bütün yasalarımız ve kurumlarımız, bizi mutlu kılan beraberliğimizin sıcak rahatlığına duyulan bu özlemde temel bulur. Ne var ki madalyonun kesinlikle düşünülmesi gereken bir de öteki yüzü vardır.

Bildiğim kadarıyla, dünyanın hiç bir yerinde hiçbir canlı türü biz köpekler kadar geniş bir coğrafyaya yayılmamıştır; hiçbirinde bu kadar farklılık, amaca uygun farklılaşma, ve bir bakışta sayılamayacak kadar ayrım yoktur. Her şeye rağmen, birbirine sımsıkı tutunmayı büyük bir yaşam ilkesi sayan biz köpekler, hemen ve her durumda bu ilkeye uygun hareket etmeyi başarmış durumdayız.

Dünyadaki diğer tüm canlılara bu konuda üstünlük kurmayı başarmış olan bizler, nedendir bilinmez, yalnızca köpekler dünyasının yasalarına değil de, aynı zamanda dünya gerçekliğine de tamamen farklı bir şekilde, ve hatta en yakın köpek komşumuzdan bile, bir takım farklı güdülerin bizi yöneltmesiyle birbirimizden ayrı yaşamaya zorlanırız. Bu çok ilginç değil mi?

Sizin hiç te önemli bulmayabileceğiniz şu soruları ve yaklaşımınızı anlıyabiliyorum, hatta kendi sorularımda ve düşüncelerimden bile çok daha iyi. Bu soruları tamamen haklı bulurum: Niçin ben de ötekiler gibi değilim; niçin, zorla da olsa, bizi toplumsal çevremizin dışına iten şeylerle mücadele etmek yerine bizi birimize bağlayan şeyleri ön planda tutarak, kendi türümle uyum içinde yaşayamıyorum ve bu uyumu bozan şeyleri, hangi nedenlerle önemsiz bir kusur olarak görüp tepkisiz kalabiliyorum?

Gençliğimdeki bir olay olmuştu. Şimdi onu hatırlıyorum: herkesin çocukluğunda mutlaka büyük bir heyecanla mutluluğunu tattığı o güzel anılardan biriydi; bir eniktim yani çok küçüktüm ve her şey beni sevindirip mutlu ediyordu. Çevremde bulunan her şeyi bir oyun olarak görür ilgilenirdim; Bir ferdi olduüum çevremde, katılmamı ve havlamamı gerektiren, eğer bağırarak koşup durmazsam, gerektiğinde kuyruk sallamazsam, bir takım büyük olayların benim dışımda gelişeceğine ve zavallı bir şekilde önemli şeylerin dışına itileceğimi düşünürdüm. Bunlar biraz daha büyüyüp ergenleştiğimde tamamen etkisinden kurtulduğum çocuksu hayellerdi ama o yıllarda beni çok etkiliyorlardı. Beni adeta büyülemiş ve tamamen etkileri altına almışlardı. Ben bu şekilde büyülenmiştim ve çok geçmeden gerçekten de bir şeyler oldu. Bu benim çılgın hayallerimi bir ölçüde doğrulayan olağanüstü bir şeydi:

Bu ve benzeri pek çok olayı o zamanlar çok görmüştüm. O olaylarla karşılaştırdığımda, bunlar çok olağanüstü olaylar değildi ama yine de önemliydi. Olay beni ilk anda çok etkilemişti. Yaşamımızda bizi böylesine etkileyen ve bu nedenle etkisi uzun yıllar süren ve bir ölçüde sonradan ortaya çıkan davranışlarımıza da etki eden bu tür olaylara dikkat edilmelidir.

Kısacası, küçük köpeklerden oluşan bir grup köpekle karşılaşmıştım ve hatta buna karşılaşmak bile denemez. Birdenbire önüme çıktılar. Bu olay olmadan öncesinde, büyük şeylerin olabileceği duygusunu yaşıyordum. Bu tür duygulara sahip olduğunuzda bu mutlaka bir şeyler olabileceği anlamına gelmez. Ynılmış ta olabilirsiniz, yani kayda değer h,iç bir olay olmayabilir de. İşte o gün önemli bir şeyler olacak duygusuyla karanlıkta koşuyordum. Uzun zaman bir aşağı bir yukarı, karanlıkta hiç bir şey görmeden, garip bir istek duyarak öylesine koşup durdum; birden, tam aradığım yere geldiğimi hissederek durdum ve çevreye bakınmaya başladım. Bu arada hava da aydınlanmıştı ama yine de etraf sisliydi ve çevremi net göremiyordum. Burnuma beni sersemletecek derecede kokuluydu. Başımı kaldırmış sürekli havlıyor ve sanki güneşin doğuşunu selamlıyordum. Nasıl oldu tam olarak bilmiyorum ama karanlıktan bir yerden, yedi köpek beliriverdi. Bana doğru geliyor ve o güne kadar hiç duymadığım ölçüde korkunç şekilde havlıyorlardı. Onların köpek olduklarını çıkardıkları bu korkunç gürültüye rağmen anlamasam –bu gün bile bu sesleri nasıl çıkardıklarını anlamıyorum- oradan hemen uzaklaşırdım. Bu seslere rağmen onların köpek olduklarını anladım ve kaldım.

O zamanlar, tanrının yalnızca köpek ırkına bağışladığı müzik yeteneğinin ne kadar olağanustü olduğu konusunda hiçbir şey bilmiyordum. Çok küçüktüm ve gözlem yeteneklerim yavaş yavaş gelişiyordu. Doğal olarak bu yaratıcı yeteneği tam olarak bilmiyordum. İlk olarak henüz süt emdiğim zamanlarda karşılaştığım, varoluşun doğal, gerekli ve tamamlayıcı unsuru olan müziği, varoluşun geri kalanından ayırmak zorunda kalmamıştım ve bu unsur tamamen beni çevrelemiş te olsa, büyüklerim, yalnızca bir küçük köpeğin anlıyabileceği basit açıklamalarla beni müzikle tanıştırmışlardı. Oysa bu yedi büyük müzik ustası, benim için son derece şaşırtıcı ve perişan ediciydi. Havlamıyor, kendi araklarında konuşmuyor ve hatta şarkı da söylemiyorlar. Hep beraber kafalarını kaldırmış öylece sessiz, ve hatta mutlak bir sessizlik içinde duruyor ve sanki bütyük bir büyü kullanarak gökyüzünden müzik çağırıyorlardı. Ayaklarını kaldırışları, ardından yere koymaları, başlarını sağa sola çevirmeleri, hareketsiz bie şekilde durup başlarını sağa sola çevirmeleri ve birbirleri karşısında simetrik durmaları, yani herşeyleri müzikti Sanki büyü yapıyorlardı: Örneğin, bir köpek ön ayaklarıyla bir başka köpeğin sırtına çıkınca, diğerleri de aynı hareketi yapıyor ve nihayet birinci köpek diğer altısının köpeğin ağırlığını taşımış oluyordu. Sonra birden yere uzanıyor, çeşitli hareketlerle sürünüyorlardı. Hareketleri tam olarak uyumluydu ve hiç biri hata yapmıyordu; hatta, bir yavaş olmasına ve temponun her vuruşunda diğerlerine ayak uyduramamaına rağmen, son köpek bile o ahengi bozmuyordu. Onu diğerleriyle kıyaslarsak, sadece o zaman, diğerlerinden daha zayıf olduğunu görüyordum ancak diğer köpekler çok ustaydılar ve ritmi o kadar güvenle sürdürüyorlardı ki küçüğün bu yavaşlığı uyumu bozucu etki yapmıyordu.

Ayrıca onları nasıl birden gördüğümü, hatta açıkça nasıl gördüğümü açıklayabilmem de gereksiz bir şey. Bir yerlerden çıktılar ve onların birer köpek olduklarını görünce, içimden selamladım; beraberlerinde getirdikleri sesler beni sanki bir büyüyle karşılaşmışım gibi şaşırtmış ta olsa bunlar her şeye rağmen, sizin ve benim gibi birar köpektiler; onlara, hep alışmış olduğum gibi, yolumun üzerine çıkan köpekler olarak bakıyor, onlara yaklaşmak ve onlarla selamlaşmak istiyordum. Çok yaklaşmışlardı ama elbette yaş olarak benden çok büyüktüler. Benim gibi uzun kıvırcık tüyleri yoktu yani benimle aynı tür köpek değillerdi ama büyüklük ve biçim olarak benden çok farklı değilleri yani aslında bana yabancı olamazlardı.

Ogüne kadar bu tür köpeklerden çok görmüşlüğüm vardı ama ben bunları düşünürken, müzük beni öylesine etkilemiştiki, adeta sesim kısılmış soluğum kesilmişti. Adeta uçmuş o küçük köpeklerden çok uzaklara uçmuştum. Bir yandan sanki bir yerime iğne batırılmış gibi ulurken, diğer taraftan da dinleyeni sarıp sarmalayarak ve hatta ezerek ve onun kendinden geçmiş vücudu üzerinden hâlâ uzak ve neredeyse işitilmez duygusuyla beni büyülemiş müzikten başka bir şey duymuyordum. Kafamda sadece müzik vardı.

Bu arada aniden her şey durdu. Herkes yorulmuş ve artık bir şey dinleyemez olmuştu. Bu duraklama anında ben, yedi küçük köpeği tekrar aynı nareketleri yaparken ve oldukları yerde zıplarken gördüm. Onlarla aramda bir mesafe olmasına rağmen onlara bağırmak, ne yaptıklarını sormak isteiyordum. Yaptıkları hareketlerin bir açıklaması olmalıydı. Onlara yalvardım ve çok küçük olduğum için herkese her şeyi sorabileceğimi sanıyordum ama yanılıyordum Ben bu yedi köpeğe, henüz köpeksi bir yakınlık duymaya başlamıştım ki, müzik yeniden başladı ve ben daha ağzımı açmaya fırsat bulamadan, aklımı başımdan aldı. Ben onların kurbanı değil de müzisyenlerden biriymişim gibi aralarına yuvarlandım. Fasit bir dairenin içinde yalvarmalarıma aldırmadan oraya buraya fırlattıldım. Çok sonraları, çevremde yükselen kazıklarla oluşturulmuş bir labirentin içine savruldum. Bu beni müziğin şiddetinden kurtarmış oldu. Kazıklar başımın üzerinden beni yere bastırıyordu. Arkamdan hala müziği duyduğum halde soluk bile alamıyordum. Anlaşılan bu yedi köpeğin sanatçılığı benim anlıyabileceğim türden değildi. Yeteneklerimin çok üzerindeydi. Kendi besteleri olan müziği böyle açıktan açığa sergilemelerindeki cesaret ve en küçük tereddüt göstermeden ona katlanmaları ve gösterdikleri dirayet beni şaşırtmıştı.

Ne var ki, bir süre sonra saklandığım yerden onlara biraz daha farklı açıdan bakınca, gösterilerinin içeriğinin, rahatlatıcı değil tam aksine aşırı gerginleştirici olduğunu gördüm. Onların hareketlerinde bana daha önce güvenli görünen kollarında korkuyla karışık bir titreme vardı. Hem de attıkları her adımda bu daha açık görünüyordu. Köpeklerin birbirlerine sürekli olarak bakmalarının nedeni büyük bir umutsuzluktu. Bakışlar birbirinden ayrıldığında gerilim gevşiyor ve bir anda dilleri bir karış dışarı çıkıyordu. Onları böylesine harekete zorlayan güç başarısızlık korkusu olamazdı, böyle şeylere yapabilecek kadar atak olan köpekler bundan korkuyor olabilir mi? İyi ama neden? Öyleyse neden korkuyorlardı? Onları, bu işi yapmaya zorlayan kimdi? Artık kendimi daha fazla tutamazdım. Öylesine yardıma muhtaç halde görünüyorlardı ki! Müziğin gürültüsüne rağmen kafamdaki soruları bağırarak onlara yönelttim. O da ne? Beni duymuyor ve sorularıma tamamen kayırsız kalıyorlardı. Tekrar bağırdım ama hayret! Sanki beni duymuyor ve ben orada değilmişim gibi davranıyorlardı.

Bir köpek diğer bir köpeğin selamına karşılık vermek zorundadır. Selam iyi bir davranıştır ve iyi bir davranışa selam vermeyen bir köpek suçludur ve bu suç bağışlanmayan bir davranıştır. Köpeklerin en iyisi ve hatta en kötüsü için bile bu suç bağışlanamaz. İyi bir davranış mutlaka karşılık görmelidir. Bir selamı umursamayan köpek, köpek değildir. İyi ama bunlar nasıl olurda köpek olamazlar. Bu mümkün olabilir mi?

Onların yanındaydım. Nasıl olur da, birbirlerine cesaret verdiklerini, birbirlerini uyardıklarını, birinin yanlışını gördüklerine düzelttiklerini duymamış olabilirdim? Böylesine yanılabilir miydim? Benimn sorularım karşısındaki sessizliklerini ve sanki bana cevap vermeye çalışan ve gözleriyle bunu bana ima eden, ve bu nedenle kendini tutmak zorunda kalan küçük köpeğin bana karşı yönelttiği kaçamak bakışları görmemem mümkün değildi. Bunu anlıyamıyordum. Böylesine basit bir eylem neden engellenirdi ki? Köpek yasalarının mutlaka yapılmasını emrettiği amir hükümler nasıl göz ardı edilebilirdi ki? Öylesine çok sinirlenmiştim ki, bu düşünceler nedeniyle bir anda müziği ve melodiyi kafamdan silip attım.

Artık müziği duymuyordum. Bu köpekler, açıkça yasanın emredici hükümlerini çiğniyorlardı. Büyük sihirler yapabilen usta büyücüler olabilirlerdi, ama yasa onları da bağlıyordu; bir çocuk bile olsam bu durumu kesinlikle çok iyi biliyordum. Bu durumu farkettiğim zaman bir başka şeyin daha farkına vardım. Aslında böylesine sessiz olmalarının geçerli bir nedeni vardı. Her halde utanıyor olmalıydılar ama utanılacak bir şey yoktu ki! Önce müzik yüzünden farkına varmıştım. Şimdi dikkat edince iyice gördüm. Bu zavallı köpekler utanmak yerine, komik olmaktan çok çirkin bir şey paıyorlardı: Tam bir rezalet, bunlar arka ayakları üzerinde yürüyorları. Ne kadar da ayıp! Utanmayı ve arlanmayı unutmuş bunlar! Çıplaklıklarını herkese sergiliyor ve açıkça gösteriyorlardı. Bunu yaparken de sanki, çok önemli bir hareketmiş gibi tavır takınıyorlardı. Hatta bazen bir an için doğalarına uygun davranıp ön patilerini yere değdirince, sanki bir hata yapmışlar gibi, sanki doğanın kendisi bu yanlışı yapmış gibi şaşırıyor ve derhal tekrar kaldırıyorlardı arka bacaklarını; gözleri, bu yanlışı yaptıkları ve gösteriye kısa bir süre ara verdikleri için özür diliyor gibiydi.

Ben nereye gelmiştim acaba? YoksaDünya tersine mi dönmüştü? Acaba bugün ne olmuş olabilirdi ki? Aslında sadece kendim için bile bu olaya tahammül edemezdim. Bir anda beni çevreleyen kazıkların arasından fırlayıp ortaya çıktım, ve köpekleri engellemeye çalıştım. Ben çok genç bir öğrenci de olsam, şimdi öğretmen olmam gerekiyordu, onların daha fazla günah işlemesine engel olmalıydım. Sürekli feryat ediyor ve "Bu ne kepazelik, bu yaşta yetişkin köpekler ve bu yanlış hareketler!" diye havlıyordum. Tam bunları söylüyordum ki, müzik tekrar beni içine çekti. Diğer köpeklerden ancak bir sıçrayış mesafesi kadar uzaktım ama orada, o yenilmezliğin görkemine beni esir etti. Dehşet vericiydi. Çok uzak bir yerden geliyor da olsa, ruhuma işleyen bu melodiyi şimdi daha iyi algılıordum ve aslında ona karşı durabilirdim ama ne yazık ki, müziğin etkisiyle dizlerimin üstüne çökmüş yere kapaklanmıştım. Ah bu müzik beni yere sermişti. İstememe rağmen bir adım bile atamıyordum, onları uyarmaktan ve böylece yola getirmekten de vazgeçmiştim. İster ön ayaklarını kaldırsınlar, ister çırılçıplak olup günah işlesinler umurumda değildi. Hatta isterlerse başkalarını, kendilerini tepkisiz olarak seyretmek günahına katılmaya zorlasınlar, yine umurumda değildi. Ben çok küçük bir köpek yavrusuydum, ne yapabilirdim ki? Kim benden böylesine büyük bir sorumluluk isterdi ki? Böyle düşündüüm için utancımdan iyice küçüldüm olduğum yerde. Ağlamaya başladım. Düşünün' o haldeydim ki, köpekleri ve gösterileri hakkında düşüncelerimi sorsalar susacak ve aleyhte en küçük bir söz söyeyemeyecektim. Bu arada nasıl oldu bilmiyorum köpekler, müzikleri ve parlak ışıkları bir anda belirdikleri karanlığın içine geçip ortadan kayboldular.

Daha önce de söylediğim gibi, bu küçük olayda aslında çok da önemli bir detay yok; yaşam devam ettikçe herkes öyle ya da böyle bir takım olaylar yaşar ve geriden bakıldığında bunlardan bazılarının aslında çok şaşırtıcı olduğunu farkedersiniz. Ayrıca, bir olayı ya da o olayla ilgili bir olayı –eskilerin dediği gibi- 'tamamen tersinden de anlamış' da olabilirsiniz. Yani bu olmayacak bir şey değil. Bu durumda, bu olayın yedi müzisyenin sabahın sessizliğini fırsat bilip sessiz bir ortamda çalışmak için bir araya gelmelerinden başka bir şey olmadığı yorumuda yapılabilirr.

Bu arada, bunların arasında bulunan toy köpekçiğin sürüden ayrılıp ortaya fırladığı, diğerlerininde onu korkutarak ya da müziğin gücüyle oradan uzaklaştırmaya çalıştıkları ancak, başaramadıkları da söylenebilir. Sorularıyla onların canını sıkmış olmalı doğal olarak. Bir yabancının oradaki varlığı, onları fazlasıyla rahatsız etmiştir ve onun bunun can sıkıcı sözlerine karşılık vererek durumun daha da kötü olmasına izin veremezlerdi. Yasa, bize soru soran herkesi cevaplandırmayı emrediyor ama bu köpek önemli biri olabilir mi ki? Hatta onun ne dediğini anlamamış olabilirler. Hem zaten soru sorup sormadığı bile belli değildi. Hem büyük bir irade göstererek bunlara cevap vermyee bile çalışmışlardı. Küçük köpek müzüğe alışık olmadığından kendisine söyleneni duymamış olmalı.

- İyi ama diğer köpeklerden farklı olarak arka ayaklarını kullanmalarına ne demeli?

Kim bilir? Belki de yürüme tarzları gerçekten böyleydi; eğer bu bir günahsa, günah. Hepsi bu kadar. Uzatmaya gerek yok. Hem orada yalnızdılar: yedi arkadaş bir arada çalışıyorlar. Yani kendi dört duvarları arasında, kendi başlarına ve kendi arkadaşlarıyla beraberler. Sıradan bir arkadaş buluşması yani resmi bir davet ya da toplantı değil.

Fazla meraklı bir köpeğin iştiraki bir toplantıyı resmi yapmaz. Durum böyle algılanırsa ortada bir sorun kalmaz.

Aslında her şeye rağmen bir sorun da var: öncelikle analar babalar çocuklarını bu kadar yalnız ve başıboş bırakmamalılar; ayrıca onlara, dillerini tutmalarını ve büyüklere karşı saygılı olmalarını öğretmeliler.

Olaya bu gözle bakılırsa ortada sorun kalmaz ama yetişkinlerin kafalarında çözülmüş olan birçok şey, gençlerin kafalarına tam sığmıyor. Gençler farklı düşünüyor. Oraya buraya koştum, hikâyeler anlattım, olayı anlamayıp sorular sordum, birilerini suçlayıp araştırmalar yaptım, başkalarını bütün bu olayların olduğu yere çağırdım, benim ne yaptığımı ve o yedi köpeğin ne yaptıklarını ve ve nasıl dans ettiklerini, müziğin melodisine nasıl uyduklarını göstermek için uğraşıp durdum; beni başlarından atmaya çalışmak yerine alay ettiler. Eğer birisi benimle gelmiş olsaydı, belki de ben de onlara uyup günah olacağını düşünmeden, o sahne anlaşılsın diye, arka ayaklarım üzerinde durmaya çalışacaktım. Şimdi çocukların her hareketi hoş görülüyor. Yanlışları önce ayıplansa da sonunda bağışlanıyor. Bende nihayet çocuktum ve davranışlarım da doğal olarak çocuksu nitelikte olacaktı.

Bakın şimdi ben de yaşlı bir köpeğim. Sanki o günü yeniden yaşıyormuşum gibi, bu geçmiş olay üzerinde düşüncelerimi aktarmaya çalıştım. Doğrusunu söylemem gerekirse, bu olay şu an benim için daha az önemli. Bu olayı aklıma getirip her düşündüğümde daha farklı değerlendiriyorum. Kim olduğuna aldırmadan pek çok kişiyle bu konuyu tartıştım. Bazı dönemler, bütün zamanımı, başkaları kadar utanç verici bulduğum ama aynı nedenle -işte aramızdaki fark bu- olay sonuçlanıncaya kadar yorulmadan ardından gitmeye karar verdiğim bu konuya ayırdım. Her gün yaşamam gereken, mutlu hayatı bütün sakinliğiyle yeniden ele geçirip tamamen özgür olayım diye bu olayı çözmeliydim. Artık büyüdüğüm için verilerim daha az çocuksu da olsa önemli değildi. Yıllarım böyle geçti. Günümüzde de aynı çalışmayı sürdürüyorum.

Ama ne hikmetse, her şey o konserle başladı ve aslında bu konserin bir sorumluluğu yok. Ben yaradılış gereği durumu böyle algılıyorum. Eğer bir konser söz konusu olmasaydı ben mutlaka bir başka sorun çıkarırdım. Bu kadar erken bir yaşta gerçekleşmiş olması, beni kendi açımdan üzüyor olsa da bu olay çocukluğumun büyük bir kısmını benden koparıp almıştı. Pek çok köpeğin yıllarca sürdürdüğü o mutlu, ve sükunet dolu delikanlı köpek hayatı bende ancak birkaç ay devam etmişti. Yine de çok üzülmüyorum, çocukluktan daha önemli şeyler de var. Kim bilir, belki de yaşlılık günlerim, yorucu bir çalışmayla geçmiş koca bir yaşamın deneyimleriyle zenginleşmiş ve herhangi bir gerçek çocuğun asla sahip olamayacağı kadar çocuksu mutluluk hayallerim vardır benim, kimbilir.

Sorgulamalara sıradan ve değersiz bulunan şeylerle başladım; maddi hata diye bir şey olamaz. Kendimi en umutsuz hissttiğim dönemlerimde bunun asıl nedeni, maalesef her şeyin olması gerekenden daha fazla olmasıydı. Yanıtını aradığım temel soru şuydu: Köpekler neyle besleniyordu? Şimdi açıkça söylemeliyim, bu aslında asla basit bir soru değildir. Tarihin ilk dönemlerinde, güneşin ilk doğduğu günden beri bizlerin düşüncelerinde yer tutan temel soru budur. Bu konu üzerinde sayısız gözlemler, denemeler yapılmış ve görüşler yayınlanmıştır. Sonunda bu konu, öylesine geniş bir bilgi alanı haline gelmiştir ki, sınırlarını aşmış, o çok geniş çevresi içinde herhangi bir okur yazarın değil, bütün okur yazarların kavrama sınırlarının ötesine geçmiştir. Köpekler destek olmadan yaşayamaz mutlaka birinin veya birilerinin omuz vermesi gerekir, hatta o zaman bile, sadece biraz daha kolay taşınabilir bir sorumluluk durumuna gelir. Köpekler bir miras gibidir. Başkalarının başını çevirip bakmaya tenezül etmediği ama mutlak surette yenilenmesi gereken bir miras gibidir. Kaldıkça eskir ve parçalanmaya yüz tutar, benim araştırmamın güçlükleri işte bu nedenle çok zordur. Hiç kimse bunu bana tekrar kanıtlamaya kalkışmasın. Bu konuyu ortalama bir köpeğin bildiği kadar az ya da çok biliyorum. Bu bağlamda daha önemli bilimsel konularla uğraşamam. Bilgi önemlidir. Saygı göstermek gerekir ve ben de bunu yapıyorum ama bu konuda bilgilerimi artırmak ve daha da derinleştirmek için elimde yeterli veri yok. Ayrıca bu konuda ne isteğim, ne çalışacak zamanım, ne de zamanım olsa bile çalışacak enerjim yok. Sadece yiyeceğimi yiyebiliyorum, hepsi bu, yani durum bu kadar basit ve üzerinde herhangi bir çalışma yapmaya, ekonomi-politik analizlere gerek yok.

Bu konuda her türlü bilginin temelini oluşturan bilgi, örneğin, annenin yavrularını memeden kesip dünyaya salarken dayandığı temel kural benim için yeterli: "Elinden geldiğince su ver toprağa." Ne diyorsunuz? Bu önerme herşeyi içermiyor mu? Babalarımızın babalarının babalarının başlattığından bu yana yapılan bilimsel araştırmaların buna ekleyecek önemli bir şeyi var mı? Hep ayrıntılar, hep ayrıntılar; hem son derece önemsiz ve belirsiz ayrıntılar, ama bu kural biz köpek olduğumuz sürece hep aynı kalmaya devam edecek. Niye mi?

Bu her şeyden önce bizim temel besin kaynağımızla ilgili. Evet doğru. Başka besin kaynaklarımızn varlığından da bahsedilebilir ama yalnız sıkıştığımızda olur bu.O yıl koşullar çok kötü olmazsa o tek besinimizle geçinebiliriz; yeryüzünün her yerinde onu bulabilirz, ama onun yetiştirilebilmesi için bizim su dökmemize ihtiyacı var. Yeryüzü besinimizi bu bedel karşılığı verir bize, ama şu da var. Onun yetiştirilmesi birtakım büyülerle, şarkılarla ve törenlerle desteklenebilir. Böylece daha çabuk yetişir. Ama hepsi bu kadar. İşte tüm bu konularda önemli olduğu söylenebilecek ve eklenecek başka bir şey yok.

Bu düşüncelerle ilgili olarak, köpek toplumunun büyük çoğunluğu ile birlikte hareket ederim ve kendimi bu konudaki muhalif düşüncelerin tamamından ayrı tutarım. Şuna inanmalısınız. Bunları söylerken, kendimi başkalarından ayrı tutarak farklı olduğumu gösterip övünmek gibi bir amacım yok. Ben kendimi aslında, arkadaşlarımla yani diğer köpeklerle aynı düşüncede olabildiğim zamanlar çok daha mutlu hissediyorum. Buna rağmen yaptığım araştırmaların bu yönde olmadığı konusunu açıklamalıyım. Benim kişisel gözlemim şudur: toprak sulandığı ve bilimin kurallarına göre yüzü çizildiği ve hatta deşildiği zaman çok daha verimli hale gelmekte ve yiyecek vermektedir. Yani toprak bilimin gereği olan yasalar ne kadar düzgün yerine getirilirse, o kadar çok ve şu kadar zamanda, şu şekilde ve şu verimlilikte yiyecek vermektedir... Bütün bunların doğruluğunu kabul ediyorum; ama benim de bir sorum var: "Dünya bu yiyecekleri nereden ve nasıl üretmektedir?" Herkes, genel olarak benim bu sorumu anlamıyormuş gibi yapar. Anlıyanların verdikleri cevap da şudur: "Yiyeceğin yoksa bizimkilerden sana verebiliriz." Ne diyorsunuz? Bu bir cevap mı?

Bu bir bencillik yasası değildir. Köpek olmanın yasası böyledir. Halkın oy birliğiyle verdiği kararlar, işte bu benciliğe karşı elde dilmiş bir zaferdir.

Niye mi? Elinde bir şey olanlar her zaman azınlıktır. İşte bu yüzden, "Yiyeceğin yoksa bizimkinden biraz verelim sana," cevabı, sıradan bir ağız alışkanlığından başka bir şey değildir ya da en azından bir şakadan ibarettir.

Bunu unutmuş değilim ama kafamda bazı sorular var. Benim kafamda sorularla sağa sola koşuşturduğum günlerde bana en anlamlı gelen şey şakanın o haldeyken kaldırılamayacağıdır. Bana herhangi bir yiyecek vermedikleri doğru. Hem isteseler anında nereden bulabilirlerdi ki? Diyelim ki birinde yiyecek olsun! Açlığın verdiği duygu diğer bütün duyguları siler.

Bu arada bana yiyecek vermeyi önerenler en azından o önermeyi sundukları an gayet ciddiydiler. O anda sunduklarını alacak olsaydım ses çıkarmazlardı. Toplumun böyle tuhaf davranışlarının nedenini anlıyamıyorum. Beni rahatlatmaya çalıştılar ve hatta şımarmama göz yumdular. Bunun nedeni, benim çok zayıf ve güçsüz olmam olabilir mi? Bana verecekleri her hangi bir şeyi alabilecek durumda değildim. Ayrıca çevrede benim dışımda yiyecek arayan bir çok köpek vardı ve açlıktan ölmek üzereydiler. Bunlar bulduklarında, burunlarının dibindeki en küçük bir kırın için çıngar çıkaracak durumdaydılar. Aslında çok da açgözlü oldukları için değil, bunu sadece bir ilkesel sorun olarak görüyorlardı.

Bunlar, bana özel bir yakınlık gösterdiler. Bunu size daha detaylandırarak anlatamam ama öyle olduğuna tam olarak inanıyorum. Belki de onların ilgisini çeken şey, benim sorularımdan nisbeten daha akılcı olanlarıydı. Böyle miydi? Hayır, sorularım onların hoşuna gitmemişti, hatta bu sorularımı çok sersemce buldular. Bakışlarından anladım bunu. Ancak sorularım dışında onların dikkatini çekmemi sağlayacak herhangi bir şey de yoktu. Sanki sorularıma katlanmak yerine, daha zor bir şeyi yapmayı, yani ağzımı yiyecek doldurarak beni susturmayı -bunu yapmamış da olsalar yapmış olmayı isterlerdi gibi- tercih etmiş gibiydiler. Ama eğer durum böyleyse, bu durumda, sorularımı dinlemeyip beni doğrudan reddetmeleri ve kovmaları gerekmez miydi? Hayır, bunu yapmak da istemediler; gerçekten sorularımı dinlemek istemiyorlardı ve hatta tam tersine onlara soru sorduğum için beni orada tuttular. O kadar alay etmelerine, bana aptal bir küçük köpek davranışı göstermelerine rağmen, o zamanlar, en çok sayıldığım, saygınlık gördüğüm zamanlardı. Bu hoşuma gitmişti. Her yere serbestçe girerdim, hiçbir engel gösterilmezdi bana. Yaltaklanmalarım kuyruk sallamalarım kabul görürdü. Bana sevgi gösterilirdi. Hem de gerçekte sorularım, sabırsızduruşum ve bilgiye susamış olmam nedeniyleydi bu.

Beni uyutmak isterler mi yoksa, bir yanlış yaptığımda tatlı dil kullanarak ve beni uyararak yaptığım yanlıştan beni döndermek mi isterler. Bunu sevgiyle mi yaparlar? Sertlikten kaçınırlar mı? Ayrıca, bir saygı ve korku duygusu, şiddet kullanmalarına engel olurdu.

O günlerde olayın sıcaklığında tüm bunları az çok anlamaya başlamıştım ama şimdi tam olarak biliyorum. Hem de bir zamanlar bu işlerin içinde olanlardan çok daha iyi biliyorum. Aslında yapmak istedikleri şey beni düşüncemden vazgeçirmekti. Bunu başaramayınca tam tersini denediler, ben de böylece daha uyanık bir köpek oldum. Ayrıca, aslında birilerini kandırmaya çalışanın bizzat ben olduğumu ve bunu bir ölçüde başarmış olduğumu açıkça gördüm. Kendi sorularımı yalnız ve yalnız içinde yer aldığım köpekler dünyasının katkılarıyla anlıyabilirdim. Öyle de oldu. Örneğin: "Dünya bu yiyecekleri nerede üretiyor?" diye sorduğumda, sorunun öznel durumundan da kolayca anlaşılabileceği gibi, aslında düşündüğüm dünyanın kendisi değil, doğrudan benim dunyayla ilgili sıkıntılarımdı. Peki ama gerçekten öyle mi? Hiç değil, kısa bir süre sonra fark ettiğim gibi, dünyanın kendisi veya dünyanın sorunları umurumda değildi ve aklımın ucundan bile geçmiyordu.

Beni asıl endişelendiren şey, köpek türüydü, başka şey değil. Çünkü kendi türümüzden daha önemli dünyada ne olabilirdi ki? Ne yapayım başka şeyi...

Bu büyük ve dünyanın ıssızlığında danışılacak kim var? Aranılan her bilgi, her soru, aranılan her cevap tamamiyle köpeklerdedir. Bu bilginin ne kadar değerli bir bilgi olduğu, bir kez olsun gerçekten anlaşılabilseydi, tüm açıklığıyla gün ışığında görülebilseydi ve biz köpekler aslında şu an bildiğimizden çok daha fazlasına sahip olduğumuzu anlayabilseydik, çok müthiş bir olay olurdu! Köpeklerin en boşboğazı bile, en lafazanı bile iyi yiyeceğin nerede bulunabileceğini söylerdi ama ne yazık ki, konu bir köpeğn ne kadar bilgili olduğu meselesine gelince, köpeğin dili tutulur, susar ve konuşamaz olur.

Gün olur bir arzuyla yanar titrersin, kendi kuyruğunu sallayarak adeta kendini döversin, köpek arkadaşına çaktırmadan yanına sokulursun, yavaşça, terbiyeli ve temiz bir sesle yalvarır rica edersin, acı acı ulursun, ısırırsın ve en sonunda başarırsın. Böylece fazla uğraş vermeden de bir şeyler elde edebilirsin: dostluk önemlidir, arkadaşça yakınlık ilişkiyi güçlendirir, açık yüreklilik kabul gördürür, ateşli kucaklaşmalar hararet artırır, tek ses olmuş havlaşmalar; yani her şey bir çılgınlıktır, bir kendini unutmaya, sonra tekrar bulmaya yönelik hamledir; ama hepsinden çok asıl kazanmak istediğin şeye sıra geldiğinde, yani bir bilginin ifşa edilmesine, her ey birden durur, bütün kapılar kapanır yüzüne. Sessiz ya da bağırarak yaptığın yaltaklanmalara, yalvarmalarına karşı aldığın tek cevap, bütün ikna yollarını kullandıktan sonra bile, nafile kaçamak bakışlar, endişeli ve karanlık gözlerdir. Tam olarak, küçücük bir enikken, müzisyen köpeklere karşı attığım çığlıklar ve o andaki sessiz durmaları gibi.

Bu arada bana karşı şu sözleri söyleyenler olabilir: "Köpek arkadaşların bu durumu nedeniyle, onlar senin bu zorlu soruların karşısında susuyorlar diye, kendine yazık ediyorsun; senin düşündüğün bir takım şeylerden, doğru olarak kabul edebileceklerinden çok daha fazlasını bildiklerini nereden çıkarıyorsun. Senden bir takım şeyleri gizlediklerini nasıl söylersin? Onların bu sessiz duruşunu yaşamı zehirlediğini, yaşamı senin için dayanılmaz hale getirdiğini, bunun için de onu değiştirmek ya da öylece sürdürmek, ve bu anlamsız yaşamla uyuşmak gerektiğini ileri sürüyorsun. Haklı da olabilirsin; olabilir, ama şunu unutma! Sen de bir köpeksin, onlarda var olan her bilgi sende de var. Madem durumun böyle olduğunu söylüyorsun, o halde bu gizlenen bilgiyi sen ortaya çıkarsana! Susma ve sadece soru sorma, cevap da ver. Sen ortaya çıkarsana o bilgiyi. O zaman sana karşı çıkmak kimin ne haddine düşer? Köpek ülkesinin büyük korosu, sanki çok uzun yıllardan beri seni bekliyormuş gibi katılacaktır sana. İşte o zaman, istediğin açıklığa, gerçeğin berraklığına ve bilginin samimi itirafına ulaşacaksın. Hakkında o kadar kötü şeyler söylediğin yaşamın bu rezilliği son bulacak, huzura kavuşacağız ve hepimiz omuz omuza özgürlüğün yüce ülkesine ineceğiz. Bu nihayi hedefe ulaşmayı başaramazsak da, ve işler her durumda eskisinden daha beter olacaksa, tesbit ettiğimiz gerçeklik, sahip olduğumuzun yarısı kadar bile değilse, şu ana kadar susanların, huzur dolu yaşamın gardiyanları olarak ne kadar haklı olduğu ispat edilecekse, ve eğer hâlâ elimizde tuttuğumuz umut kırıntısı tamamen kaybolup, bir umutsuzluğa dönüşecekse bile, sana dayatılan bu yaşamdan, gerçekten hoşnut olmadığında, yapmayı düşündüklerini denemelisin. Durum budur. Bu durumda başkalarının sessiz duruşuna sitem etmemelisin. Zaten sen kendin bile aynı sessizliğe sahipsin. Suskunsun?" Ne diyorsun buna? Cevabın kolay: Çünkü ben de başka hemcinslerim gibi bir köpeğim; ben de o sessizliğin içine tıkılıp kaybolmuşum, korku içindeki asık yüzüm ne kadar inatçı olduğumu gösteriyor.Hem de bu inat doğrudan kendi sorularıma karşı. Daha açık konuşmak gerekirse delikanlı günlerim başladığından beri ha bire soru soruyorum ama köpek arkadaşlarımın cevap verebileceği gibi bir beklentim yok. Böyle saçma bir umut mu var içimde, hayır. Varlığımızın temelleri konusunda tartışabilir ve bu konuların analizini yapabiliriz. Yapımız ve varlığımız emek gerektirir ve biz o emeği algılayabiliriz. İyi ama bir soru sorarak bütün bunların bir kenara bırakılmasını, yıkılmasını umabilir miyim? Hayır, benim böyle bir beklentim artık yok. Köpek arkadaşlarımı anlıyorum, ben de onlar gibi, aynı etten ve aynı kemilten oluşmuşum. Ama ortak olan şeylerimiz sadece et ve kan değil, sahip olduğumuz bilgi de aynı; yalnızca bilgi de değil, o bilgiyi açan anahtar da. Ancak ben o anahtarın mülkiyetine başkalarıyla birlikte sahibim; onların yardımı olmadan bu bilgiye ulaşamam. Sorun bu. İçinde en dolgun iliğin bulunduğu kemikler içinde en sert olanı, ancak bütün köpek dişlerinin birlikte ısırmasıyla kırılabilir. Ben burada elbette bir benzetme yapıyorum, hem de abartılı bir benzetme; bütün dişler ısırmaya hazır olsaydı, belki ısırmaya bile ihtiyaç kalmayacaktı. O zaman kemikler kendi kendilerine çatlayacak ve en zayıf köpek bile iliği kendi önünde hazır bulacaktı. Bu benzetmeye bağlı kaldığım takdirde, amaçlarımın, sorularımın, soruşturmalarımın yöneldiği hedef net bir şekilde görünecektir ki, bu doğru. Ben bütün köpekleri böylece bir amaç etrafında bir araya toplamaya zorlamak istiyorum, biz hep birlikte ısırmaya hazır olduğumuzda kemikler baskıyla kırılacaktır. Bunun için bütün köpekleri bir araya toplamak zorundayım, ben onları o çok sevdikleri, her günkü yaşam karmaşasına gönderip iliği tek başıma yalayıp yutmak da istiyorum. Bu size tuhaf gelebilir, sanki neredeyse tek bir kemiğin değil bütün köpek soyunun iliğiyle beslenmek istediğimi düşünebilirsiniz. Ama yaptığım sadece bir benzetme, başka şey değil, inanın! Ve sözünü ettiğim ilik, sade bir yiyecek değil, tersine, bir zehir.

Benim için sıradan bir güdülenmedir sorduğum sorular; tek ve son cevap olarak etrafımda yükselen sessizlikle isteklerime uygun olarak uyarılmaktan başka bir şey istemiyorum. 'Araştırmalarımın böylece netleşip daha açık hale geldiği gibi, köpekler dünyasının sessizliğe mahkûm edilmiş olması, daima da öyle kalacağı gerçeğine daha ne kadar katlanılabilinir? Bu devam edebilir mi?"

İşte benim yaşamımın temel ve büyük sorusu bu işte, diğer bütün küçük sorular bunun karşısında anlamsızlaşıyor; yalnız bana soruluyor bu soru. Niye bilmiyorum ama başka hiç kimseyi ilgilendirmiyor. Ne yazık ki, ben bu temel sorunun cevabını, küçük sorulardan, özel sorulardan daha kolay verebiliyorum: Dünyadan göçüp gidene kadar bu duruma katlanacağım bile diyorum. Yıllar geride kaldığında, yaşlılığın vereceği sükunet, bütün bu rahatsız edici sorular karşısında bana daha büyük bir direnme gücü verecek. Ve belki de sessiz sedasız, gürültüsüz denilebilecek şekilde bu dünyadan çekilip gideceğim, öleceğim yani, huzur içinde bekliyorum o ânı.

Herkesin hayranlığına mazhar olmuş bu yürek, hiçbir zaman sonuna kadar kullanamadığımız bu ciğerlerin kapasitesi, kötülük olsun diye biz köpeklere verilmiş olabilir mi? Niye mi? Çünkü, bütün sorulara ve hatta kendi sorularımıza rağmen yaşamımız aynı tempoda devam ediyor. Çünkü, sessizliğin sağlam siperleri arkasında güvendeyiz.

Son günlerde, yaşamımın detaylarına daha bir yakın bakmaktan, bir şekilde işlemiş olduğum o temel hatayı aramaktan daha çok hoşlanmaya başladım. Nafile bu temel hatayı bulamıyorum. Aramak istiyorum sadece. Böyle bir hata olmalı, bu hatayı işlememiş olamam. Bu hatayı işlememiş olsam, uzun bir hayat boyunca amaçladığım halde arzumu yerine getirememem, bu arzumun imkânsız olduğunun işareti olur ve bu olamaz. Olduğu takdirde tam bir umutsuz kaçınılmaz olarak beni ele geçirir. Bir ömür boyu süren şu çalışmaya, harcadığım şu emeğe bakın. Bunlar boşuna mı? Her şeyden önce, "Dünyanın bize sunduğu yiyecek nerede üretiliyor?" sorusuna cevap bulmaya çalışmıştım.

Aslında hayata karşı doğal hırsları olan genç bir köpek olarak, ben bu sorunun cevabının pğeşinden koşarken, bütün eğlencelerimden vazgeçmiştim, bütün zevklerden kaçınmıştım. Beni bu doğru yoldan döndürecek bir şeyle karşılaşmaktan korkuyordum.

Yıllarca başımı ön ayaklarımın arasına gömüp sessizce beklemiş ve sonra yeniden görevime dönmüştüm. Ne bilgim ne de kullandığım yöntem bir eğitimin sonucu değildir ve hatta böyle bir eğitime hiç niyetim olmadı. Bu konuda hatalı olduğum söylenebilir ama bence bu öyle önemli bir hata sayılmamalı.

Okul hayatım kısalığı çok normal, çünkü çok küçük yaşta anamın bakımından ayrılmıştım. Bağımsız yaşam benim çok çabuk sevdiğim bir yaşam tarzı oldu ve her zaman, özgür bir hayat sürdüm; zamansız bağımsızlık ise eğitimin ve sistemli öğrenmenin düşmanıdır. Ama çok şeyler gördüm, çok şeyler işittim. Her cinsten, her durumdan köpeklerle tanışıp görüştüm ve sanırım oldukça zeki olduğum için her şeyi anladım. Zaman zaman yaptığım bireysel gözlemlerimi akıldan birbirine bağladım: Bu yeteneğim okul eksikliğimi giderdi. Böylece, öğrenmede belki de zararlı olan bağımsız girişimlerin, kendi araştırmalarınızı yaparken gerçekten faydalı olduğunu da söyleyebiliriz. Bu girişimler benim durumumda daha da gerekliydi, çünkü gerçek bilimsel yöntemi bilmiyor ve kullanamıyordum. Ayrıca, benden önce gelenlerin çalışmalarından faydalanamıyor ve çağdaşım araştırmacılardan kopuk çalışmalar yapıyordum. Hiç bir araştırmacıyla bir bağ kurabilme olanağım yoktu. Tamamen kendi kaynaklarıma başvurmak zorundaydım ve öyle de yaptım. En başından beri, gençliği canlandıran, yaşlıları ezen bir bilinçle yaptım bu çalışmaları.

İşe başlarken çalışmalarımı bağladığım rastlantının aynı zamanda bir son nokta olması gerektiğine dair bilincim vardı. Başlangıçta, hatta şu âna kadar yaptığım araştırmalarımda acaba gerçekten yalnız mıydım? Hem evet, hem hayır. İster dün, ister bugün, benim durumumda köpeklerin var olmaması inanılmaz bir olay. Bu kadar kahrolası bir durum olabilir mi? Böyle lanetlenmiş olabilir miyim? Sanmıyorum.

Yaratılışımın gereği olan köpeklikten asla taviz vermedim. Köpek yaradılışımda hiç bir eksiklik yok. Her köpekte, bendeki gibi araştırmacılık, merak, yani onu soru sormaya sevkeden bir şey nasıl varsa, her köpek gibi beni de cevap vermemeye yönelten bir merak var. Evet, her birini, soru sormaya yönlendiren bir içsel güç var. Yoksa sorularım, dinleyenlerimi bu kadar az nasıl etkileyebilirdi ki? Her zaman etkilendiklerini söylemeliyim, bu beni çok mutlu ediyordu, belki bu sevinç biraz abartılı bir sevinçti ama yaptıklarımdan çok daha fazlasını başarmama engel olunamazdı. Ayrıca ben de köpektim ve içimde, beni de diğer köpekler gibi sessiz kalmaya iten kuvvetli bir his olduğu da, gün gibi ortada ne yazık ki. O halde, ben de herhangi bir köpek gibiyim; düşünce olarak benden farklılığı ne kadar olursa olsun, benimle aynı düşüncede olmasa bile, herkes bunu sevinçle kabul edecektir. Peki ya ben? Ben de en az onlar kadar bu durumu kabul ederim. Yalnız, bazı unsurlar birleşimi birbirinden farklı olabilir: Birey konu olduğunda çok önemli, olan bu ayrım, soy konu olduğunda çok daha derin bir öneme sahiptir. İyi ama bu faydalı unsurlar birleşiminin, tüm geçmiş günler boyunca ve bugün, benimkine benzer –benimki zayıf bulunursa- hatta ondan da zavallı bir karışım olup olmayacağına nasıl inanılır?

Böyle düşünmek tüm yaşamın inkarı anlamına gelir. Biz köpekler, hepimiz, herkesin en yadırgadığı işlerle uğraşırız ve hatta en güvenilir bilgilere sahip değilken bile inanılmayacak kadar tuhaf bulunabilecek işleri yaparız. Buna Verebileceğim en güzel örnek, uçan köpeğin durumudur. Bu hikayeyi ilk duyduğumda benim tepkim de gülmek oldu. Elbette inanmamıştım. Ne? Çok küçük, hatta en erişkin köpek olduğunda bile benim başım kadar ancak büyüyebilen bir köpek türü olduğunu söylüyorlar Bu köpek öylesine zayıfmış ki, şöyle doğru dürüst sıçramaktan bile acizmiş. Hatta el yapımı bir bebek kadarmış. Bu sevimsizin, tüyleri taranmış ve iyice kıvrılmış, işte iyice şımartılmış bu ukala köpeğin, zamanının çoğunu havada kalarak ve orada hiçbir şey yapmadan öylece durarak geçiriyormuş. Söylenen bu. İnanayım mı? Hayır, dedim, kendi kendime, böyle şeyler söyleyerek beni kandırmaya çalışmak, genç bir köpeğin toyluğunu bir şekilde sömürmekten başka bir şey değildir ve çok çirkin bir harekettir.

Durum bu ama çok geçmedi aynı uçan köpek hikayesini bir başka kaynaktan daha duydum. Bu defa daha etkileyiciydi. Ne oluyor? Benimle eğlenmek için bir komplo mu kuruluyordu? Ama o duyumu aldıktan sonra, o müzisyen köpekleri kendi gözlerimle görünce bu defa her şey olabilir dedim; hiçbir önyargı, benim anlayış gücüme artık etki edemezdi; en anlamsız dedikoduların bile peşine düşüyordum. Gidebildiğim kadar izliyordum onları ve en anlamsızları bile farklı bir şekilde görmeye çalışıyordum. Bu anlamsız dünyada en akla yakın şeylerden daha inanılır ve ayrıca araştırmaya özellikle uygun geliyordu bunlar bana.

Uçan köpekler konusu içinde tavrım böyle oldu. Bu konuda da çok ilginç şeyler buldum; bugüne kadar onlardan hiçbirini göremediğim doğru ama haklı nedenlerim var ve uzun zamandan beri, onların varlığına inanmış bulunuyorum, kafamdaki dünya hayalinde onların kesin olarak çok önemli bir yerleri var. Her zaman olduğu gibi, beni düşündüren asıl olay onların kullandıkları teknikler değil. Bu köpeklerin havada durabilmeleri çok muhteşem bir şey.

Bunun aksini kim iddia edebilir ki? Diğer köpek arkadaşlarım gibi ben de bu konuya büyük bir ilgi duyuyorum ve çok şaşırmış bulunmaktayım. Bu olayda çok yadırgadığım ve anlamakta güçlük çektiğim bir anlamsızlık var. Bu varlıkların var olmalarının anlamsızlığıdır. Topluluğun genel yaşam biçimiyle hiçbir ilgileri yok ve öylece havada uçuşup duruyorlar. İşte olay bu. Oysa yaşamın kendisi aynı tempoda sürüp gidiyor, yani yaşam devam ediyor; bazıları ara sıra çıkıp sanatı ve sanatçıları konu ediyor, ama bunun sonu bir türlü gelmiyor. İyi ama benim köpek kardeşlerim, yani bu köpekler niçin öylesine havada yüzüp dursunlar? Bunun, bunca çabanın ne anlamı var? İnsan, niçin, onlarla ilgili, açıklayıcı bir tek kelimeyi, uğraşır da bulamaz? Niçin o yükseklerde uçuşup durur bu köpekler? Ayrıca, köpeklerin en övünülecek yanları olan bacakları böyle işlevsiz olarak öylece havada sallanarak durur. Böylesine beslendikleri bu dünya da birbirlerinden böylesine ayrı düşerek ve ekmedikleri yerden ekin biçerek, yani niçin?

Ayrıca bunlar duyduğum kadarıyla, köpek toplumunun asalakları. Onların kesesinden iyice beslenip onları sömürüyorlar.

Benim bu konuları fazlaca kaşımış olmam heryeri karıştırdı. Bundan övünç duyuyorum. Zaten istediğim de buydu. Millet gerçekten bu konulara ilgi duymaya başladı. Artık araştırmalara ve bilgi toplamaya başladılar. Belki bu asla daha fazla ileri gitmeyecek ama hiç olmazsa bir başlangıç yaptılar.

Bunu sakın küçümsemeyin. Bu herşeyden önce çok yeni ve iyi bir şeydir. Gerçeklerin tesbiti bu yolla bulunamayacak bile olsa, çünkü o aşamaya gelmek asla mümkün olamaz, yaşamın sahteliği biraz olsun bu şekilde ortaya çıkacak ve gerçeğe ışık tutulmuş olacaktır. Varoluşumuzun anlamsızlığı her türden araştırmanın önünde araştırılmak için bekliyor. En anlamsız olanı ise, araştırılmaya en uygun olanı. Elbette ki, tam olarak değil ama böyle. Bu belki bira şeytani bir benzetme oldu ama bu sizi bir çok sorgulamadan kurtaracaktır.

O uçan köpekler konusuna tekrar dönelim; Bir örnek olarak, her şeyden önce büyük bir övünmeleri ve kibirleri yok. Mutlak surette bir yere ve hatta köpek arkadaşlarına bağlı olmalılar. Kendinizi onların yerine koymaya çalıştığınızda bunun dediğim gibi olduğunu göreceksiniz. Çünkü bağışlanmak istiyorlar ve bunun için ellerinden geleni yapacaklardır. Ancak böyle yaparlarsa, belki açıkça olmasa da ki, köpekler arasında sessiz kalma zorunluluğunu çiğnemek olurdu bu, aykırı yaşam tarzlarını bağışlatmak için ellerinden geleni yapmak zorundalar. Daha da olmadı mı, bu yaptıklarını unutturmak için en azından dikkatleri dağıtmak zorundalar. Hatta bana söylendiğine göre, neredeyse dayanılmaz bir gevezelik yaparak ve işi gürültüye getirerek bunu yapmaya çalışıyorlarmış. Vücutlarını artık hiç kullanmadıkları için ömürleri boyunca uğraşıp durabilecekleri kendi yaşam anlayışları doğrultusundan ve bir ölçüdede havadan yaptıkları gözlemleri kendi aralarında konuşma konusu yapıyorlar. Bu tembel ve neredeyse hiç iş yapmayan bu varlıkları gözünüzün önüne getiriniz. Düşünce güçlerin kesinlikle hiç de fazla önemsenmeyeceğini anlıyabikirsiniz. Gözlemleri gibi felsefeleri de değersiz olmalı ve söylediklerinin bilime katkısının olabileceği de düşünülmemeli. Hem zaten bilimin kendisi böyle zavallı kaynaklardan yardım isteyecek kadar da alçalmış olamaz. Birileri, uçan köpeklerin gerçekten ne yaptığını sorsa, büyük bir olasılıkla buna benzer cevaplar alacaktır: Bilgiye büyük katkıları oluyor. Bir başkası: "doğru," der, "ama bu katkılar değersiz ve sıkıcı." Bu durumdan alınacak bir başka cevap ise bir tür omuz silkelemedir, ya da konu değiştirme çabasıdır. Birilerinin sıkılması ve bu sorulara kahkahalarla gülmesi de normaldir.

Bir süre sonra, bu sorunun tekrar sorulduğunu düşünün, bilgiye katkıda bulunduklarını bir kez daha öğrenirseniz şaşırmayın. Hatta bu sorunun doğrudan size sorulduğunu varsayın. Eğer o anda çok dikkatli değilsenizz, büyük bir olasılıkla siz de aynı cevabı verirsiniz. Gerçekten de, gereğinden fazla inatçı olmanın bir yararı yok. NE kazanabilirsiniz ki? En iyisi, kamusal inançların gereğini yerine getirmek, uçan köpeklerin varlığını kabul etmek, onlara varoluş hakkını tanımasanız bile ki, bu nasıl kabul edilebilir ki? Ayrıca yapılan bir takım anlamsızlıklara göz yummak ta sizi rahatlatacaktır. Ama sanırım sizden daha fazlası istenmemelidir. fAşırılığın alemi yok ama buna rağmen yine de yapılıyor. Durmadan karşımıza yeni uçan köpek hikayeleri çıkıyor ve bizden tamamına inanmamız isteniyor. Bunlar nereden geliyor? Bilen yok! Üreme yoluyla mı çoğalıyor bu köpekler? Gerçekten öyle mi? Çok mu güçlüler? Güzel bir tüy yığınından başka şey olmadıkları söyleniyor ama o zaman üreyebilmeleri mümkün mü ve nasıl? Haydi, bu olmaz ama yine de oldu diyelim, bu üreme ne zaman gerçekleşir? Çünkü ne zaman görseniz, ukala tavırlarıyla havada tek başlarına uçuyorlar. Bir an olsun yürümek ya da koşmak için yere inseler bile, bu olay bir, bilemedin iki dakika sürer, bir-iki adım attıktan sonra bir de bakmışsınız, hooop, yine çılgın yalnızlıkları içine gömülmüşler. Kim bilir, belki de o derin düşünce dedikleri şeyin içinde kaybolmuşlardır. Ne kadar uğraşırlarsa uğraşsınlar bu derin hülyalardan kendilerini kurtaramazlar ya da öyle söylerler.

Bu köpekler bir şekilde üreyebiliyorlardır ama eğer üremiyorlarsa, katı topraktak üzerindeki yaşamdan kendi istekleriyle vazgeçen ve havada yaşamayı seçen uçan köpekler, sadece rahatlık uğruna, bir teknik başarı uğruna havadaki yastıklar üzerinde yaşamı seçtiği söylenen köpekler bulunabileceğine inanmak, kolay şey midir? Elbette değildir. Onların üreyemediklerine ve kendi istekleriyle değişim geçirerek havada yaşamı seçmeleri olacak şey değil. Bu düşünülemez.

İyi ama bu uçak köpek hikayesi nereden çıkıyor öyleyse? Bir takım olaylar, hep yeni yeni uçan köpeklerin ortaya çıktığını gösteriyor. Bundan çıkacak sonuç şöyle: Anlamamız çok zor olsa da ve bize ne kadar garip görünürse görünsün, köpek türü bir kez ortaya çıkmıştır ve tükenmesi, ortadan kalkması zordur. Kavgasına devam edecek, var olmaya ve kendini savunmaya devam edecek ve böyle yapınca da var olmaya devam edecek. Durum böyle gibi.

Bu yaklaşımı beğenmesek de, "Uçan köpek" varlığı gibi sıradışı bir düşünce, dışarıdan bakıldığında tuhaf, işe yaramaz bir tür için geçerliyse, kendi türüm için neden geçerli olmasın? Ayrıca, ben dış görünüşümü beğenirim ve hiç de acayip değilimdir; bu civarlarda çok görülen, orta sınıftan, sıradan bir köpeğim. En azından, ne üstün, ne de nefret uyandıran bir görünümüm olmadığı söylenir; gençliğimde, hatta olgunluk çağımda da, dış görünüşüme dikkat ederdim. Hemen, her gün spor yaptığım bilinir. Bana, tüm yaşamım boyunca, "çok yakışıklı bir köpek" diye bakılırdı. Özellikle önden görünüşüm harikadır: İnce bacaklarım, kafamın o güzel biçimi herkesi derinden etkilerdi. Herkesin hayranlığını kazanmışımdır her zaman. Tüylerimin uçları, gümüş beyazı ve sarıydı. Yani sizin anlayacağınız, acayip bir şey yoktu benim halimde; tek bir şey olabilir, o da fazla hareketli olan karakterim. Sanıyorum bu da, her zaman hatırlamadan edemediğim gibi, evrensel köpek genel karakterinin bana doğal yansıması olmalı.

Evet işte, durum böyle. Bu durumda, uçan köpekler bile tek başlarına yaşamayıp, her zaman büyük köpekler dünyasındaki arkadaşlarıyla sağda solda karşılaşabildikten sonra, hatta bir hiç oluştan hareketler ortaya yeni kuşaklar çıkarabildiklerine göre, ben neden tamamen kimsesiz olmadığım inancı içinde yaşamayayım? Benim gibilerin kaderi garip bir kader olsa gerek. Kendilerini şöyle böyle hatırlayabildiğim tanıdıkların bana fazla yararı olmaz. Biz, sessizlik dünyasının içine gömülmüşüz ve öyle yaşarız. Bu ağır sessizliğin baskısı altında adeta eziliriz ama isyankarız da; o sessizliği aşmaya çemberimizi kırmaya çalışırız. Yeni bir dünya isteriz, yani bir kez olsun alabildiğine, başka herhangi bir şeyle kirlenmemiş temiz hava almaya çalışan köpekleriz: Başka köpekler de var ve onlar bu sessizlikten şikâyetçi değiller: Doğru ama yalnız görünüşte böyle bu durum, tıpkı müzisyen köpeklerin durumunda olduğu gibi: Çalarlarken, oldukça sakin görünüyorlar ama iç dünyalarında büyük bir heyecan var; her şeye rağmen hayal dünyaları . İnsan işte bu dünyayı yıkmaya çalışır, amacı bir delik açmaktır bu dünyada ve yapılan her hayali girişimle alay eder. İyi ama bu durumda benim arkadaşlarımın bir yardım akabilmeri söz konusu olabilir mi? Her şeye rağmen yaşamlarını sürdürebilmek için ne tür girişimler yapmalılar ve acaba nasıl yapabilirler? Bunlar çok farklı amaçlara yönelik, çok farklı girişimler olabilirde. Gençliğimde benim de yaptığım gibi, soru sorarak mücadeleyi sürdürmek ve geliştirmek bu tür girişimlerden biri sayılabilir. O zaman, çok soru soranlarla işbirliği yaparsam bu bana arkadaşlarımı ve yoldaşlarımı bulabilmenin en iyi yolu olarak görünürdü ve öyle de yapardım. Bu bir süreliğine devam etti. Benim cevaplandıramadığım, ardı arkası gelmeyen sorularla sözüm kesildiğinde duyduğum can sıkınıtısı kendimi tutmayı, onlara katlanmayı gerektiriyordu. Ben de bu süre boyunca her şeye katlanıp kendimi tuttum. Çok canım sıkıldığında kendime hakim oldum: Beni ilgilendiren tek şey kafamdaki sorulara cevap almaktı. Hem, gençliğinde soru sormaya can atmayan birileri olabilir mi? Sorulan o kadar soru içinde en can alıcı soruyu seçmelisiniz? Amaca yönelik bile olsalar bütün sorular birbirine benzer, ama o, soruyu soranın kendisine bile çoğu zaman ortada görünmek istemez ve kendini gizlemeye çalışır.

Soru sormanın köpeklerin yadırganan özelliklerinden biri olduğunu kabul edelim. Bu öyle bir özelliktir ki, bütün köpekler bir araya geldiklerinde, hepsi aynı anda sorularını sormaya başlarlar. Siz şaşırırsınız ama onlar soru aorarken sizden daha şakındırlar. Böyle yaparak sanki gerçekte asıl sormak istedikleri şeyi gizliyormuş gibi yaparlar.

Benim asıl arkadaşlarımı bu yaygaracı sorucular arasında bulamayacaksınız. Hayır yaşlıların ve en sessizlerin arasında da boş yere aramayın. Hem bugün, yani şu an bana bir yardımları olmadıklarına göre bu soruların böyle sorulmasının ne yararı olabilir ki?

Büyük bir ihtimalle, benim arkadaşlarım benden daha zeki köpeklerdir. İşte bu zeki köpekler kendilerine, bu türden zorlu bir yaşama dayanma gücü veren başka üstün yöntemlere başvuruyor olmalılar. Her ne olursa olsun, kendi yaşantılarımdan edindiğim deneyimlerle şunu söyleyebilirim; bunların bir nebze yardımları söz konusu olsa bile, bana gerçekte hiç bir katkı sağlamazlar. Ne rahatlaştırırlar, ne sakinleştirler, ne de beni şaşırtırlar. Bunların yardımı bile bütünüyle kendi yöntemim kadar güçsüz yöntemlere neden olurlar. Her şeyden önce ben nereye bakarsam bakayım onların başarılarına dair en küçük bir iz göremem. Bu hiç mümkün değil. Korkarım, benim asıl arkadaşlarımı tanımak umuduyla bakabileceğim son olgu, onların başarısıyla ilgili olanlar.

İyi ama bu durumda, benim gerçek arkadaşlarım nerede? Evet, hiç eksilmeyen şikâyetim bu işte; şikâyetimin çekirdeği, özü bu işte. Neredeler?

Cevap çok basit. Her yerde veya hiçbir yerde. Bu mümkün olabilir mi? Neden olmasın. Belki de, benden üç adım uzakta bulunan kapı komşum bunlardan biridir. Hemen her gün, karşıdan karşıya birbirimize havlar ve selamlaşırız. Hatta, bazen ziyaretime gelir benim, ben onu ziyaret etmesem de. O mu asıl arkadaşım? Tam olarak emin değilim; onda arkadaşlığın en ufak kırıntısı görünmüyor ama öyle de olabilir. Bilmiyorum, ama olabilir. Olabilir, ama yine de en uzak olasılık bu. O uzaktayken, onda bir derece kadar bana benzeyen taraflar bularak, onu hayalimde gördüğüm arkadaşa yaklaştırarak kendi kendime oyalanırım; ama onu karşımda görür görmez, bütün hayallerim bir komedi sahnesine dönüşür. Bir anda bu hayaller benden uzaklaşır. Benden bile biraz daha küçük bu hayalim -ben orta boyluyum yani öyleyim-, kahverengi, kısa tüylü, yorgun kafası öne eğik, ayaklarıyla yürüyemeyen ve adeta sürünen yaşlı bir köpektir; bütün bunların üstüne, bir hastalık yüzünden sol arka bacağını da yürürken sürüklemekte zorlanır.

Eee! Bu hayal mi, şimdi benim arkadaşım? Uzun süredir hiç kimseyle olmadığım, kadar samimiyim ben. Hatta bunu söylerken sevinç duyorum, onunla çok iyi anlaşıyorum; yanımdan uzaklaştığında üzülüyor ve hemen yanıma çağırıyorum onu; çünkü arkasından gitmeye kalkışsam, o kısacık arka ayaklarıyla sürüklenerek sıvışırken, ben onun o halini yine eskiden olduğu gibi sevimsiz bulacağım ve ondan soğuyacağım. Bunu çok iyi biliyorum. Bazen, onu böyle gizliden gizliye arkadaşım sayıyorum ama galiba böyle yaptığım için kendi gururumu kendim incitmiş oluyorum ya da en azından bana öyle geliyor. Konuşmalarımızda, küçük de olsa bir düşünce benzerliğimiz olduğunu da niye açıklamıyor, anlamıyorum. Doğrusu bu hoş değil ama böylece, bizim buralarda daha geçerli sayılan akılcı olabilecek kültür dolu bilgileri ondan öğrenebiliyorum. İyi ama benim aradığım şey, sadece akılcı şeyler ve kültür mü?

Onunla konuştuğumuzzda genellkikle mahalli konuları konuşuyoruz. Ben tek başıma olsam bu tür konuları ve sorunları konuşamam. Buna çok şaşırıyorum. Verdiği bilgilerle beni bu tür konularda daha açık görüşlü yaptı. Yalnızca kötü bir durumda değil olağan durumlarda bile benim gibi sıradan bir köpeğin, kendi varlığını devam ettirebilmek ve hayatın olağan tehlikelerinde ve hatta daha büyüklerine karşı varlığını sürdürmek için ne kadar zekâya ihtiyacı olduğunu görünce, şaşıyorum. Doğru, bilgi, uyulması gerekli kuralların bileşkesidir ama onları kaba hatlarıyla da olsa algılayabilmek herkesin ulaşabileceği kadar kolay değildir. Bu bilgilere gerçekten ulaşılabilse, bu defa da uygulama sorunları çıkar yani sorun gerçekte de yine çözülmüş olmaz. Uygulama sorunlarını da çözüp onları yerel koşullara uyarlamak gerekir. Bu aşamaya gelindiğinde kimsenin yardımı olmaz. Doğrudan sorunun getirdiği yükün altında kalırsın ve hatta her yeni an yeni görevler getirir tam karşına, her yeni toprak parçası kendine özgü sorunlar yumağı olur dikilir karşına dağ gibi. Hiç kimse her şeyi sonsuza kadar çözümlediğini ve bundan böyle hayatının öylece kendiliğinden sürüp gideceğini söyleyemez. Zamanla gereksinimlerin ortadan kalksa bile bunu kimse iddia edemez. İnanın ben bile söyleyemem bunu.

Öyleyse bütün bu sonu gelmez çalışmaların amacı ne. Hangi sona varmak için yapılıyor bunlar? Yalnızca, her gün biraz daha derin sessizliğe gömülmek için olabilir mi? Bu öyle bir sessizlik ki, bir daha hiç kimsenin hiçbir zaman kendini içinden çekip çıkaramayacağı kadar derin bir sessizliğe.

Çağlar boyunca köpek toplumunun geçirdiği aşamalar ve yaptığı evrensel ilerlemeler göklere çıkarılır. Çoğumuz bununla karşılaşmışızdır. Bu sözlerle bilgi alanındaki ilerlemeyi kastediliyor olmalı. Bilgi, elbette gelişiyor, ve bilginin ilerlemasine, gelişmesine karşı konulamaz, gerçekten de artan bir hızla, her gün daha büyük aşamalar geçiriyorr ama bunda abartılacak ve hatta göklere çıkarılacak ne olabilir ki? Yıllar geçtikçe yaşlanan ve nihayi olarak olümle sonuçlanacak bir yaşamı övmekten çok farksız bir şey bu. Bu evrensel canlılığın doğal gelişiminden başka bir şey değil. Abartılacak bir yanı yok. Etrafımda çöküşten, baş aşağı gidişten daha büyük bir gerçeklik göremiyorum. Yalnız böyle söylerken bizden önce yaşamış nesillerin bizimkilerden daha becerikli olduklarını söyleyemem. Benim söylemek istediğim, onların, sadece bizden daha genç olduklarıdır ve inanın bu onların bize karşı en büyük avantajlarıdır. Bellekleri, bugün bizim belleklerimizin dolu oldukları kadar bilgi yüklü değildi. Bu nedenle, onları konuşturmak daha kolaydı. Buna rağmen bunu başarabilen yoktu yalnızz başarabilme şansları bizimkinden fazlayddı. Bizimkinden daha şanslı olmaları o eski ve şaşılacak derecede basit hikâyeleri dinlerken bizi fazlasıyla etkiler. Anlatılan hikayelerin içerisinde bizim için derin anlamları olan şeyleri yakalıyoruz, sanki yüzyılların ağırlığı var üzerimizde, yoksa sevinçten havalara uçacağız.

· Bizden önceki kuşakların bizden daha iyi oldukları konusuna itirazım var. Hayır, kesinlikle öyle değillerdi. Benim kendi çağımın köpeklerine karşı da bir takım itirazlarım var amabizden öncekiler kesinlikle daha kötü ve bizden zayıftılar. Herşeyden önce biz takım güzelliklere o dönemlerde adım başı raslanamazdı ama şimdi öyle mi? Caddelerin her yerinde bir başka güzellik var ve bunlar herkesin kavrayabileceği kadar anlamlılar. O günlerde köpekler de, bunu başka şekilde anlatabilmem çok zor, bugünkü kadar köpekleşmeyi başaramamışlardı. Dünya tam bir köpek ülkesine dönüşmemişti ve yapısı sağlam değildi. Köpeklik bu yapıyı tekrar planlayarak ve hatta biraz dönüştürerek ve hatta, canının istediği gibi değiştirerek, tam zıddına dönüştürmeyi başarabilirdi. Köpek sözcüğü oradaydı, vardı, hatta çok yakındaydı, herkesin dilinin ucundaydı, herhangi bir kimse bu sözcüğe yakalanabilirdi. İyi ama bugün ne oldu ona?

Bugün, gizlenmiştir diye yüreğini söküp çıkarırsın da birisinin, yine de bulamazsın bu sözü. Bu bizim neslimiz için büyük bir kayıp ve ayıp, ama bu nesil bizden öncekilerden daha suçsuzdur. Bunların tereddüdünü anlayabiliyorum, aslında bu sadece bir tereddütten ibaret değil ayrıca bin defa görülmüşlük ve bin defa unutulmuşuktur. Bir düşünsenize bir gerçeğin bininci defa unutuluşudur. Bu binici unutuş için bizi kim suçlayabilir, yani neslimizi kim lanetliyebilir?

Atalarımızın geçirdiği tereddüte kayıtsız kalamam ve nedenini çok iyi anladığım kanaatindeyim. Bizim de onlar gibi hareket etmeyeceğimizi kim söyleyebilir. Eğer onların yerinde olsaydık aynı tepkileri gösterebilirdik. Ya da şöyle söyleyeyim: Ne mutlu bize ki, suçun sorumluluğunu yüklenmek zorunda değildik, ne mutlu bize ki başkalarının kararttığı bir dünyada suçlu değildik ve olime koşuşun sessizliğini yaşayabiliyoruz.

Atalarımız yoldan çıktıkları zaman bu yoldan çıkmaların sonsuzluğa yöneleceğini akılarının ucundan bile geçirmiyorlardı. Oysa önlerindeki kavşağı hâlâ net olarak görebiliyorlardı, canları istediği zaman geri dönebileceklerini zannediyorlardı ama öyle olmadı. Geri dönme söz konusu olduğunda tereddüt geçirdiler ve dönmediler. Bunun nedeni, köpek hayatını biraz daha sürdürmek istemeleriydi ancak ne yazık ki, bu gerçek bir köpek yaşamı bile değildi, yine de onlara baş döndürücü bir güzellikte görünüyordu. Böylece acaba biraz daha ileride ne var, az ileride ne olacak merakıyla birazda saflıkla anayoldan çıktılar ve bir daha da geri dönemediler.

Biz bugün tarihin gelişimine ve olayların akışına bakarak bir takım öngörüler yapabiliriz. Onların böyle bir bilgiden haberleri yoktu. Radikal değişimler sıradan değildir ve varlığın kendisine hakim olmadan önce ruhunu ele geçirir. Onlar köpek hayatından hoşlanmaya başladıklarında gerçek yaşlı köpeklerin ruhsallığına erişmişlerdi ve çıkış noktalarına asla varamadılar. Köpekleri ve köpekçe sevinmeleri hayranlıkla seyreden gözleri onları kandırmaya çalışıyordu. Gençlikte giderek uzaklaştıklarını anlamıyorlardı ama bugünlerde kim söz edebilir ki artık gençlikten?

Aslında bunlar genç köpeklerdi, yalnız ve maalesef yaşlı köpek olmak istiyorlardı tutkulu bir şekilde. Birbirini izleyen nesillerin, hepsinden çok, hepsinden daha açıklıkla da bizim neslimizin kanıtladığı şekilde bir günde bana ulaşabilirlerdi.

Komşuma bu gibi şeyleri anlatabilmemin bir yolu yok. Bunu yapamam ama o sanki yaşlı bir köpeğin karşısına kurulmuş gibi ya da burnuma kemirilecek bir deri kokusu gelmiş gibi başımı tüylerimin arasına gömdüğümde sadece bunları düşünebiliyorum. Bu durumda onunla, hatta herhangi bir başkasıyla böyle şeylerden konuşmamın bir anlamı olamazdı.

Aslında konuşulunca bu konuşmanın nasıl sonuçlanacağını bilirim. Arada sıradabirisi çıkıp hafif itirazlarda bulunur ama sonunda benimle uzlaşır ve aynı düşünceyi kabul eder. Bu belki de bir konuşmadaki en iyi savunma aracıdır. Böylece konunun üstü kapatılmış olur. Boşuna ne diye konuşup durlım, bunun bir yararı var mı?

Bütün bunlara rağmen komşumla benim aramda kelimelerin çok ötesinde ve oldukça derin bir anlaşma var. Aslında bunun için elimde delillerim de var ama bu köpek ne zamandır başbaşa kalıp konuştuğum tek köpek olduğu için bir hayale kapılmış da olabileceğim halde bu oyunu sürdürme kararındayım, yani her durumda ona sımsıkı sarılmak zorundayım.

"Ne olursa olsun, sen benimle hala arkadaş mısın? Her şey de bir aksilik var diye mi bu utancın? Benim kaderimin de aynı olduğunun farkında değil misin? Ben bu kadere her yalnız kalışımda ağlarım, ama gel, birlikte ağlamak tek başına ağlamaktan daha iyidir."

 Bu türden şeyler geçer aklımdan çoğu zaman. Bunlar aklıma geldiğinde uzun uzun bakarım ona. O da bana bakar ama gözleri boştur, anlamsızdır, yine de bakar ama ve indirmez hiç gözlerini. Bu gözler öyle anlamsızdır ki okunmaz içlerinde ne olduğu. O da benim sessiz oluşuma bakar şaşırmış bir şekilde öylece. Aptalcadır bakışları biraz. Belki de bu bakışıyla, o da beni sorguya çekiyordur. Sanki o beni hayal kırıklığına uğratmamış da yapan benmişim gibi bunu. Gençliğimde, başka sorunlar benim için daha önemliydi, kendi arkadaşlığım kendime yetmiyordu, yoktu bir şeye gereksinimim yoksa ben de ona açıkça sorardım sorularımı ve kafama uygun bir cevapalabiirdim ama bu onun bugünkü sessizliğinden daha kötü olurdu. Ama sonuçta herkesin sessizliği hep aynı değil midir? Ancak bir ya da iki araştırmacı arkadaşım olduğunu düşünmek yerine herkesin benim araştırmacı arkadaşım olduğuna inanmak daha iyi değil mi? Benim böyle inanmamı engelleyen bir şey var mı? Beni küçük başarıları içinde kaybolarak unutulmuş, çağların karanlığı ya da bugünün şaşkın kalabalığı içinde kendilerine asla ve hiç bir şekilde ulaşamayacağım arkadaşlarım...

 İyi ama köpeklerin hepsinin, en başından beri kendilerince çalışkan, kendilerince başarısız, kendilerince sessiz ya da laf ebeliği yapan gevezeler arkadaşlar olduğuna inanmamın bir anlamı var mı? Umutsuz araştırma böyle mi yapılır? Ama bu durumda kendimi arkadaşlarımdan farklı bir yere koymamın anlamı var mı? Yok aslında bunun hiç de gereği yok. Ben de, başkalarının arasında sessiz kalabilirdim. Her şeyden önce ben, yetişkinlerin arasından kurtulmaya çalışan bağımsız ama bir çocuk gibi dışarı çıkmak için savaşmak zorunda da değildim; aslında onlar da benim gibi bir kurtuluş yolu bulup çıkmak istiyorlardı oradan. Kimsanin asla oradan uzaklaşamayacağını ve kurtuluş için kuvvet kullanmanın aptallık olduğunu söyleyen mevcut bilgileriyle uzlaşamayacakları açıkça görülüyordu bu yetişkinlerin.

Bununla birlikte bu düşüncelerimin nedeni, komşumun, üzerimdeki etkisi olmalı. Bazen, neden bilmiyorum ama işte böyle aklımı karıştırıyor, kederle dolduruyor içimi. Kendisi nasıl mı? O gerçekten çok mutlu ya da en azındaaan kendi mahallesinde avazı çıktığı kadar bağırabiliyor ve ben bazen şarkı söylediğini işitiyorum. Onun sesine nasıl katlanılabilir ki? İnanın katlanılır şey değil bu! Bu son bağı da koparıp atmak ve kendimizi ne kadar katılaşmış, duygusuz düşünürsek düşünelim, köpeklerle olan organik bağımızın kaçınılmaz şekilde uyandırdığı boş düşlere artık kapılmamam çok daha iyi olurdu. Ben aslında hâlâ bana kalan kısacık zamanı tamamen araştırmalarımı ayırmak ve çalışmalarımı geliştirmek zorundayım. Benim için en iyisi bu. Bu arkadaşım bir daha yanıma gelirse, sıvışacağım ya da en azından uyur gibi yapacağım, beni ziyaret etmekten vazgeçeceği ana kadar hep böyle devam edeceğim. Görüyorsunuz yaptığım araştırmalar böylece engelleniyor.

Dinleniyorum, yoruluyorum, bir zamanlar gitmenin bana heyecan verdiği yerlere şimdi isteksiz isteksiz ama koşarak gidiyorum; "Dünya bu yiyecekleri nasıl üretiyor?" sorusunu sormaya başladığım günleri düşünün. O zamanlar halkın arasında bulunuyordum. İnsanların en kalabalık olduğu yerlere doğru gider, çalışmalarımı herkesin bilmesini ve dinleyicim olmasını isterdim; dinleyicilerin varlığı ve araştırmalarımın öğrenilmesi benim için çok önemliydi. Her şekilde olumlu yansımalar alacağımı umardım. Bu doğal olarak beni çok heveslendirirdi ama şimdi bu hevesim geride kaldı ve çok yalnızım. Ama o günlerde çok güçlüydüm, daha önceleri hiç görülmemiş bir şey yapmıştım. Büyük bir başarıydı bu. Bütün ilkelerimize tamamen aykırı olarak, her çağdaş tanığın şimdi garipsediği ama mutlaka hatırladığı bir şey...

Bilgi dağarcığımızın gelişme kapasitesi bizim uzmanlaşmamıza yardımcı olur. Bu bilgi dağarcığımız, bir alanda şaşılacak derecede basittir: Yiyeceklerimizi dünyanın yarattığını öğreten varsayımım sonrası çeşitli yiyeceklerin en iyi ve nasıl elde edileceğine dair yöntemleri konu eden bilgi alanından bahsediyorum. Dünyanın, bütün yiyeceklerinin yine dünya tarafından üretildiği doğrudur. Kimsenin bu konudan en küçük bir şüphesi olamaz ama bu konu, halkın genel olarak düşündüğü kadar basit değildir. Ne varki halk bu konuyu aşırı derecede basite alıyor ve bu durum benim çalışmalarımın verimliliğini olumsuz etkiliyor. Her gün tekrarlanan sıradan bir konuyu irdeleyelim. Şimdi tıpkı benim gibi tamamen elimizi kolumuzu bağlayıp da, toprağı keyfinizce sürüp suladıktan sonra dinlenmeye çekilseniz ve sırtüstü yatsanız ne olur. Ne olursa olsun bir ürün alacağınız varsayımımıza göre mutlaka bir sonuç alacaksınız ve bu durumda toprağın üstünde bulunmak zorundayızdır. Ayrıca yiyeceği de toprağın üzerinde hazır bulmamız beklenir ama genelde olan bu değildir. Bilimsel konularda karar verme özgürlüğünden yoksun olanlar -bilim kendi etrafında sürekli fasit daireler çizdiğinden böylelerinin sayısı fazla değildir- herhangi bir başka deneye gerek duymadan bu durumlarda toprakta var olan yiyeceğin büyük kısmının yukarıdan geldiğini görecektir.

Gerçekten, ne kadar ataksak ve ne kadar çok hevesliysek, o kadar çabuk bir şekilde, yiyeceğimiz miktarı ve hatta daha fazlasını hiç yere ulaşmadan havada kaparız. Ama böyle demekle bilim karşıtı bir şey söylemiş olmam; elbetteki, bu yiyecekleri de dünya bize veriyor. Dünyanın, kendi içinden bir çeşit yiyecek çıkarması ve bir başka çeşidi göklerden çağırması ya da çağırmaması çok da farklı şeyler değildir bizim için. Bilim her iki durumda da toprağı hazırlamanın gerekli olduğu kuralına sadık, bunun farklarıyla hiç bir ilgisi yok; çünkü o, "Eğer ağzınızda yiyecek varsa, şimdilik sorununuz yok..." demiyor. Ama sanırım bilim, yiyecek üretiminin sadece iki yöntemini tanıdığından -bir, toprağın ekime hazırlanışı, ikinci olarak büyü, dans ve şarkı gibi yapılması gereken ama birincisi kadar önemli olmayan işlemleri- bu konulara belli belirsiz bir ilgi duyuyor.

Burada benim kendi yaptığıma uygun bir başkalık var; belki kesin ama yine de oldukça açık bir fark bu. Benim düşünceme göre toprağı ' kazmak ve sulamak her iki cins yiyeceği de toprakta üretmeye yarıyor ve bunlar mutlak gerekli. O zaman büyü, dans ve şarkı, daha dar anlamda, topraktaki yiyecek ile daha az ilgili bir şey olmalılar. Yani, ilke olarak yiyeceği yukarıdan çekmeye yarıyorlar gibi.

Gelenekler, yaptığım bu yoruma destek veriyorlar. Sıradan köpekler, farkında olmaksızın, bilimin kendisi de cevap olarak suskunluğunu sürdürerek bilimin kendisini burada doğruluyorlar. Bilimin söylediği gibi, bu törenler, toprağı kuvvetlendirdirseler, örneğin, havadan yiyecek indirmeyi sağlıyorsalar, bunların tamamen toprağa yöneltilmesi gerekirdi. Mantıklı olan bu, yani öyle olsa, fısıltıyla söylenen bütün büyü sözleri, yapılan büyüler ve hatta dans toprağa yönelik olmalı. Bildiğim kadarıyla bilim de yalnız bunu emrediyor, başka bir şey değil ama halk böyle değil. Halk bütün törenlerde gözünü gökyüzüne dikiyor. Bilim bunu yasaklamıyor ve bu konuda çiftçiye tam bir özgürlük tanıyor yanı bu durumda bu bilime karşı bir hakaret olamaz. Bilimin konusu sadece topraktır ve sadece toprağı dikkate alır. Çiftçi toprağın hazırlarken, bilimin öğretilerine uygun davranırsa, mutludur; ama benim düşünceme göre, eğer mantıki ise, bundan daha fazlası gerçekleşmeli. Ben kendi adıma bilimde çok derinleşmemiş olmasam bile buna şaşırıyorum: Bilgiye sahip olanlar halkımızı nasıl olurda başıboş bırakırlar? Onlar dikbaşlı ve ihtiraslı, yüzlerini göğe çevirip büyülerini söylemeye, eski halk şarkılarını boşluğa doğru haykırmaya, dans ederken toprağı unutup, ondan sonsuza kadar ayrılıp havaya sıçramaya, hazırlar. Buna nasıl izin verilir, aklım almıyor. Bu çelişkinin varlığını kendime başlangıç noktası olarak aldım ve bilimin öğretileri uyarınca her hasat zamanı olanca dikkatimi toprağa verdim; dans ederken üzerinde zıpladığım, tırmıklarken yüzünü çizdiğim topraktı bu; başımı, olabildiğince toprağa yakın tutmaktan boynum tutulurdu her zaman. Sonra burnuma uygun bir çukur kazdım. Benim gökle işim olmazdı ve hiç kimsenin duyamayacağı, sadece toprağın işitebileceği bir sesle, o çukurun içine söyledim şarkılarımı, bütün dileklerimi.

Bu deneyin sonucu çok kötü oldu. Bazen yiyecek hiç olmazdı ve ben bu deneyin sonuçlarına sevinmeye hazırlanırken biraz gecikmeli de olsa yiyecek ortaya çıkardı benim için. Benim bu garip hareketlerim önce ortalığı karıştırdı ve herkese çok tuhaf göründü ama daha sonra en üstün ben oldum. Benim için günlük havlamalar ve sıçramalar pek de gerekli değildi. Bunu isbatlamak üzereydim ama ilk önceleri öncekinden bol olan yiyecek sonraları azaldı ve nihayet tamamen yok oldu ve bir lokma bile kalmadı. O güne kadar genç bir köpekte görülmemiş bir dikkatle bütün deneylerimin tam raporunu tuttum, bazı yerlerde beni deneyimi daha ileri aşamalara götürebilecek izler bulmayı hayal ediyordum, ama sonra yine bir karanlıkta hepsi kaybolup gitti.

Benim bilimsel anlamda eksik oluşum gelişmemin önünde yetersiz kalmaktadır. Buna hiç şüphe yok. Örneğin, yeterli ölçüde yiyeceğin olmayışı, benim deneysel eksikliğimden değil, toprağın bilim dışı hazırlanmasından kaynaklanabilir ve ben bunun böyle olup olmadığını bilemezdim, yani her durumda benim çıkardığım sonuçların geçerliliği tartışmalıdır.

Bir kere bile toprağın hazırlanmasına katılmadan, yukarı doğru büyü yaparmış gibi yiyeceği aşağıdan elde edebilseydim, ya da, tamamen toprak için yapılmış bir büyüyle yiyecek elde etmekte başarısız kalsaydım gerçek bir deney yapmış sayılabilirdim. Gerçekten de böyle bir girişimim oldu ama bu defa da inancım zayıf geldi yani koşullar yine eksiksiz değildi; çünkü toprağı az da olsa hazırlak gerektiğine kesin olarak inanıyordum ve bunu inkâr edenin inkarcılardan olacağını ve haklı bile olsalar, toprak sulamanın zorunlu olduğunu, gördükten sonra, onların kuramları hiçbir durumda ve asla ispat edilemez.

Bunun dışında tamamen farklı bir anlayışla yapılan bir başka deney de yapıldı ve daha başarılı olarak dikkatleri çekti. Yiyeceği henüz havada iken yakalamak gibi alışılmış bir yöntemden tamamen farklı olarak, yiyeceğin yere kadar düşmesine izin verildi. Ben de, onu daha havadayken yakalamak için hiçbir çaba göstermemeye karar verdim. Yiyecek havada göründüğü zaman hafifçe sıçrıyormuş gibi yapıyordum ama bunun zamanlamasını öyle ayarlıyordum ki, üzerine atladığım bu yiyeceği sürekli kaçırıyordum. Hamlem boşa gidince yiyecek sallana sallana, yere düşüyordu. Ben de bu duruma iyice sinirlenmiş gibi yaparak öfkeyle üzerine atılıyordum: hem açlığın hem de yaşadığım büyük hayal kırıklığının verdiği öfkeyle. Ama bazen de bundan tamamen farklı bir şey oluyordu, gerçekten de inanılmaz bir şey; yiyecek yere düşmez de havadan sırtıla düşerdi, yani yiyecek, açlığımı kovalardı. Bu olay çok kısa bir anda olur biterdi ve bu kısa süre sonrası yere düşer ya da tamamen ortadan yok olurdu. Çok açgözlü olduğum için deney zamanından önce sona ererdi, çünkü ben bu yemi hemen yutardım. Bu bile beni sevindirirdi, yanımdakiler benim bu tepkimin nedenini anlıyamaz, yaptıklarıma bir anlam veremez deli olurlardı. Yakından tanıdıklarım benim sorularıma karşı daha ilgili olurlar, ben de onları kendime daha yakın bulurdum. Gözlerine her baktığımda bana yardım etmek istediklerini anlardım. Bu, benim kendi bakışımın yansımasından başka bir şey olmasa bile beni mutlu etmeye yeterdi. Ve daha fazlasını istemezdim.

    Sonunda yaptığım deneyin bilimsel anlamda başka yapılan deneylerden farlı olmadığını ve sıradan bir tekrarlama olduğunu keşfettim. Başkaları da bunu anlamışlardı ve onlar bana göre bu konularda çok daha parlak başarılar elde etmişlerdi. Bu deneyler aşırı öz-denetim gerektirdiği için uzun zamandır böyle bir şey yapılmamış ve bilimsel değeri olmadığı için tekrarına gerek duyulmamıştı. Zaten bilinen bir şeyi kanıtlamaktan başka bir şeye yaramıyordu bu deneylerin tekrarı. Yiyecekler sadece yukardan aşağıya doğru değil, aynı zamanda aşağıdan yukarıya doğru da çıkabilirdi. Böylece, kurguladığım deneyle baş başa bırakıldım, ama devam etmek için hala yeterli cesaretim vardı çünkü, cesaretim kırılamayacak kadar gençtim. Yaşadığım bu hayal kırıklığı, belki de hayatımın en büyük başarısına ulaşma yolunda bana güç verdi. Yaptığım deneylerin bilim çevrelerinde küçümsenmesi inanılmazdı ama bu durumda inacın önemi ne olabilirdi ki? Konu bilimsellik olduğunda önemli olan kanıttır. Kanıtlarımı artırmaya ve başlangıçta deneylerime karşı olan ilgisizliği ortadan kaldırmaya karar verdim. Deneylerimin başarısı araştırma alanının tam ortasına yükselecekti. Yiyeceğin önünden geri çekildiğim zaman onu bir aşağıya çeken güç toprak değil bendim. Bunu isbat etmeliydim.

Ne yazık ki, bu birinci deneyi daha fazla sürdüremedim, çalışmalarımı yarıda bırakmak zorunda kaldım. Önünde yiyeceği gördükten sonra, hala bilimsel bir ciddiyet içinde deney yapmayı sürdürmek, uzun süre yapılacak ve katlanılacak gibi değil. Ben her şeye rağmen en azından bir şeyler yapmaya karar verdim; dayanabileceğim kadar uzun bir süre hiç bir şey yememeye ve hatta yiyecek yüzü görmemeye karar verdim. Yiyecek olabilecek her türden şeye gözlerimi kesinlikle kapatacaktım. Böylece kabuğuma çekilip gözlerim kapatıp gece gündüz hiç kıpırdamadan yatacaktım. Böyle yaparsam, havadan yiyecek kapmaya da yerden yiyecek almaya fırsat bulamazdım. Ben böyle yaptığımda bile zayıf bir umutla beklediğim gibi, yiyecek, o her zamanki alışılmış hamleler yapılmadan, sadece toprağın akıl dışı sulanmasıyla ve sessiz büyüler ve şarkılarla (dansı saymadım beni zayıf kılar) kendiliğinden yere inerse; yere düşmek yerine doğrudan ağzıma girmek için dişlerime çarparsa –bu da olabilir-, istisnaları ve bazı özel durumları hesaplayacak kadar esnekliği olduğu için bilim de böylece yadsınmış olurdu - neyse ki, köpeklerin böyle esneklikleri yoktur. Çünkü bu, tarihte benzerlerine şahit olduğumuz türden bir istisnai durum olmayacaktı: örneğin, bazı köpeklerin vücut olarak hasta ya da kafadan sakat olduğu için toprağı boş vermeleri, yiyeceği havadan yere düşerken izleyip yakalamak istememeleri, bunun üzerine bütün köpeklerin büyülü sözlerle yiyeceği normal yolundan saptırıp hasta köpeğin ağzına düşürmesi gibi. Oysa ben bir köpek olarak sağlıklıydım, gücüm kuvvetim ve iştahım yerindeydi. Bütün gün yiyecekten başka şey düşünemiyordum; ister inanın ister inanmayın, ben bu oruca isteyerek başladım, kendi yiyeceğimi yapacağım büyüyle aşağıya çağırabilecek güçteydim ve bunu yapmak da istiyordum. Kesinlikle diğer köpeklerin ve köpek toplumunun yardımını istemedim, üstelik bu yardımı kesin bir dille geri çevirdim.

Şehrin dışında bulunan koruluk oruç için uygun olabilirdi, burada çaıların arasına girip, yiyecek konuşmalarını, kemirilen kemiklerden çıkan sesleri duymayacağım bir yer bulup uzanabilirdim. Bu kararla son olarak bir şeyler yedim be şehir dışında böyle bir yere gidip yere uzandım. Bütün zamanımı herhangi bir yiyecekle ya da yiyeceği hatırlatacak bir şey görmeden ve gözlerimi her şeye kapatarak geçirmek kararlılığındaydım. Bu bekleyiş, günlerce, haftalarca sürse bile, yiyecek kendiliğinden ağzıma gelinceye kadar hiç bitmeyen bir gece içinde olacaktım. Kararım buydu ama bu işe koyulduğumda fazla uyumaya cesaret edemedim, hatta hiç uyumasam çok daha iyi olurdu gibi -ve aslında bu durumumu daha da zora soktu- çünkü ben yiyeceği yalnızca havadan aşağıya çağırmak zorunda değildim, aynı zamanda o geldiğinde uyanık olmalı ve bunun için kendime dikkat etmeliydim; ama aynı zamanda, uyurken, çok daha uzun süre oruç tutabilecektim. Bu nedenle uyumak için çok hevesliydim. Bu nedenlerle zamanımı akıllıca düzenlemeye ve kısa da olsa zaman zaman uyumaya karar verdim. Bu uykuyu, başımı çabuk kırılır ince dallara dayayarak yapıyordum: Basınç faazlalaşınca dal hemen kırılıyor ve ben uyanıyordum. Ben de böylece zman zaman uyuyarak, zaman zaman bekleyerek ve hatta rüyalarımın arasında bazen kendime sessizce şarkı söyleyerek yatıyordum. İlk beklemelerimde hiç bir olay olmadı; belki de yiyeceğin geldiği yerde, benim yokluğumu farkeden kimse olmamıştı. Benim olayların normal akışına karşı duruşumu farkeden kimse yoktu. Ben burada beklerken, öbür köpeklerin beni özleyecekleri, yokluğumu farkedip beni arayacakları ve nihayet gelip bulacakları ve benim bu orucumu engelleyecek girişimlerde bulunabilecekleri düşüncesi huzurumu kaçırıyordu. Ayrıca, bilimin bulgularına bakarak, bir toprak verimsiz bile olsa, sadece sulanmayla biraz yiyecek vermesi ve o yiyeceklerin de beni baştan çıkararak orucumu bozdurmasından korkuyordum. Neyse ki, böyle bir şey olmadı ve orucuma devam edebildim. Bu türden çekincelerimi bir yana bırakırsak, ilk anlarda hatırladığım şeyler bunlar ve o anlarda zamanım çok sakin geçiyordu. Gerçekte, bilimin bulgularını çürütmeye çalışıyor ve kendimi büyük bir güven içinde hissediyordum: Hani o beylik cümle vardır ya; 'bir bilim adamının ağırbaşlılığı' bana hakim olmuştu. Yine de biraz bu konuları düşününce, bilimden af diliyordum; bilimde, benim araştırmalarım da önemsenmeli ve bana yer verilmeliydi. Kendime olan güven duygum beni rahatlatıyordu. Benim araştırmalarımın etkisi ne kadar büyük olursa olsun -gerçekte sorgularımın sonucu ne kadar büyük olursa o kadar iyiydi- sıradan köpek hayatıma bu şekilde yabancılaşmayacaktım; bilim, beni cesaretli bulacaktı, bulgularımın yorumu bilim çevrelerinde kabul görecekti, bu ise mutlak başarı demekti; şu âna kadar, içimden kendimi yasadışı buluyordum. Bu duygula, başımı, vahşi ırkımın alışılmış tepkileriyle ezdirirken, şimdi büyük bir şerefle kabul edileceğim, beni karşılayacak köpek bedenlerinin sıcaklığını özlemişim. Bu özlemim giderilecek ve arkadaşlarımın omuzlarında taşınacağım. İlk açlığımın dikkat çekici etkisi işte bu olmalı.

Başarının hayali bile bana çok güzel ve büyük görünüyordu. Sonunda, ıssız çalıların arasında heyecandan ve belkide açlıktan ağlamaya başladım; itiraf etmeli ki nedenini tam anlıyamıyordum. Ben bir ödül almayı hakkediyordum. Bu feryat, bu ağlama ne anlama geliyordu. Saf mutluluk buna neden olur muydu acaba? Belki de...

Öylesine nadir mutlu olurum ki, ne zaman kendimi mutlu hissetsem ağlamaya başlarım. Şimdilerde bu duyguları yaşamıyorum. Bir çok şey çok geride kaldı.Aklıma gelen güzel hayaller, açlık duygumla beraber kaybolup gittiler. Açlık duygum ağırlaştıkçakurduğum hayaller ve birbirinden ali duygularım tamamen geçti gitti ve bana sadece karnımda açlıktan çalan zillerden başka bir şey kalmadı. Tam bu anda bana öyle geliyor ki, açlığım ve ben sanki iki ayrı varlık gibiyiz. Bu açlık bana fazla yük olmaya başladı. Başımdan söküp atamadığım bir aşk gibi sanki. Bundan kurtulmalıyım ama bu benim açlığım. Ben açım. Benimle konuşan ve hatta benimle alay eden bizzat benim kendi açlığım. O dönemler ne kadar da zordu. Düşünmek bile beni hala zıngır zıngır titretiyor. Yalnız kaldığım zamanlar bu benim acı duyguma dönüşüyor, siz de buna dikkat ettiniz değil mi? Yetersiz şekilde hazırlandıysam bile, gerçekten bir şeyler başaracak olursam bu acıyı bir kez daha yaşamak zorunda kalacağım. Bunu biliyorum, çünkü bugün orucu yani açlığımı hâlâ en son ve en güçlü araştırma silahı olarak görüyorum. Eğer kurtuluşum, oruçtan geçecekse ve buna ulaşabilirsem, en yüksek noktaya ancak böylesine büyük bir çabayla erişilebilir diye düşünüyorum. Bizler arasında, en zorlu şey kendi isteğimizle aç kalmamız, yani oruç tutmamızdır. Bunun için de açlıktan acı çektiğim o günleri düşündüğümde ki ben hayatımı o günleri düşünerek geçirebilirim ve bu beni mutlu eder, ben varlığımı tehdit eden günü aklımdan silip atamıyorum. Böyle bir girişimin etkisinden kurtulmak yaşamım boyunca sürecek gibi. Bir yetişkin olarak bütün hayatım, kendimle ve tuttuğum bu oruç arasına sıkışıp kaldı. Hala eski günlerin özlemini yaşıyorum. Bundan sonraki yine aynı şekilde oruç tutacak olursam daha kararlı olacağım. Ben şimdi daha deneyimliyim ve ayrıca bunun gerekliliğine daha çok inanıyorum, ama o ilk denemem sonrasında kaybettiğim gücüme henüz kavuşamadım. Eski gücümde değilim ve bu yüzden, yakından tanıdığım korkuların, titremelerin yaklaştığı an kendimi kaybetmeye başlıyabilirim. Benim şu an azalmış olan iştahım bile bana yardımcı olamaz. Bu iştah dıygum sadece giriştiğim büyük olayın değerini ve önemini biraz azaltabilir, hepsi bu. Ben sadece bu nedenle bile geçen seferden daha fazla oruç tutmak zorunda kalabilirim. Bunda anlamayacak bir şey yok ve ben gerçekten birçok şeyi çok daha iyi anlıyorum; açlığın ne olduğunu çok iyi bilen biri olarak neler olabileceğini biliyorum; ama bir yandan da açlık girişimine cesaret edecek kadar güçlü değildim. Bir zamanlar bana gençliğin verdiği coşku dolu enerji bir daha geri dönmemek üzere gitmişti. İlk orucun bana yaşattığı acılar içinde kaybolmuştu. Her türlü düşünce artık bana acı veriyordu. Atalarımız geliyordu gözümün önüne ve beni korkutuyorlardı hareketleriyle.

Bunu doğrudan söylemeye korkuyorum ama başıma gelen herşeyden onlar sorumludur. Bizim köpek hayatımız onların hataları nedeniyle sorumlu ve hatalı yapıldı. Beni tehdit edenler onlardı ve ben de şimdi onları tehdit edebiliyorum ancak onların bilgece duruşları karşısında saygıyla eğilirim. Onların sahip oldukları bilgi, günümüzde artık varlıkları bilinmeyen kaynaklara dayanıyordu. İşte yalnızca bu nedenle, kendimi onlar karşısında isyankar hissetsem de onların yasalarına karşı gelmeyeceğim, sadece bazı yasal boşlukları aradan kendimi kurtarmak için kullanacağım. Bunu yaparken sadece burnum birr işe yarayacak.

Oruç olayını açıklamak için bir zamanlar bilgelerimizden birinin orucu yasaklamaya yönelik olarak kaleme aldığı meşhur diyaloğu gündeme getirdim. Orucun yasaklanmasını istemeyen başka bir bilge şu sözlerle onu ikna etmişti: "Canım oruç tutmak kimin aklına gelirki yasaklayalım!" Bunun üzerine ilk bilge ikna olmuş ve bu yasaklama gündemden kaldırılmıştı. Şimdi şu soru çıkıyor ortaya: "Oruç yasaklandı mı, yasaklanmadı mı?"

Oruç olayı üzerine yorum yapanların çoğu orucun yasaklanmadığını söylüyor ve izin verildiğini kabul ediyorlar ve böylece kendileri ikinci bilgenin düşüncelerine de katılmış oluyorlar. Bu olayla ilgili olarak yanlış yorumlamalar yapılabileceği akıllarına gelmiyor.

Ben orucuma başlamadan önce doğal olarak bu konuda kendimi oruca inandırmıştım. Ama şimdi açlıktan iki büklüm olmuşum, kafam karmakarışık olmu düşüncelerimi toplayamıyorum ve hatta umutsuzca yalanarak ve en ulaşılmaz noktalarını kemirerek kendi arka ayaklarımdan bile beslenmeye çalışıyorum. Ben bu durumda olunca da, bu diyalogun evrensel mesajı bana tamamen yanlışmış gibi geliyor. Başlarım şimdi yorumcuların bilimine diyor ve bu yüzden onların düşüncelerine uymuş olan kendime lanetler yağdırıyordum. Niye mi? Onların ne kadar hatalı olduğunu küçük bir çocuk bile görebilirdi ve zaten diyalogda oruç yalnız bir tek kez yasaklanmamıştı. Nasıl mı? İlk bilge orucu yasaklamak istemişti ve bu bilge istediğini de yapmıştı, diğer bilge birinci bilgeyle aynı şeye inanıyordu yani oruç yasaklanmıştı ama ikinci bilge, birinciyle aynı düşüncede olsa bile, gerçekte orucun olanaksız olduğunu düşünüyordu ve bu nedenle birinci yasağın üzerine köpek yaradılışının gereği olan bir ikinci yasağı eklemişti. Neydi bu yasak? Köpekler için oruç olanaksızdı. İlk bilge de aynı fikirde olunca oruç yasağı geri alınmıştı; yani, sorun artık çözülmüş olduğu için bütün köpeklere kendilerini tanımak ve oruç konusunda kendi yasalarını kendileri koymak durumunda olduklarını göstermişti. Yani ortada yalnızca bir değil üç kademeli bir yasaklama vardı ve ben bir köpek olarak bu yasağı dinlememiştim.

Şimdi çok geç kalmış bile olsam bu yasağa uymalıydım. Uyabilirdim de ama açlık acısı içinde bile oruca devam etmenin özlemi içinde yanıp tutuşuyordum. Tıpkı yabancı bir köpeğin peşine takılmışım gibi bu arzunun, bu özlemin peşine takıldım. Kendimi durduramadım.

Ayağa kalkıp bildik yerlere gidip kendime başka bir çıkış yolu arayabilirdim ama öylesine zayıf düşmüştüm ki yapamadım. Ormanın dökülmüş yaprakları üzerinde yuvarlanıp durdum. Çok acıkmıştım ve artık uykum da kalmamıştı, kulaklarıma her yerden gürültüler geliyordu; o zamana kadar yaşamını uykuyla geçirmiş ben sanki oruca uyanmış gibiydim. Artık bir daha yemek yiyemeyeceğimi düşünüyordum ama bunca gürültü arasında ayağa kalkıp, en azından bu gürültülü dünyayı susturmak için yemeliydim. Bunu yapamayacağımı düşünmek beni çıldırtıyordu. Aslında en büyük gürültü doğrudan karnımdan geliyordu. Bunu tam olarak anlıyabilmek için kulaklarımı karnıma dayadım ve kendimi dinledim. Korkuyla büyüdü gözlerim. Başıma gelen inanılmazdı. Sanki kendi vücudum olanlara dayanamamış ve çıldırmıştı. Kendi vücudum kendini benden korumalıydı ve bunun için ardı ardına anlamsız şeyler yapmaya başladı. Ne zamandır unuttuğum lezzetli yemeklerin lezzetli kokusu üzerime doğru gelmeye başladı ve doğrudan saldırılarına başladı. Çocukluğumun eşsiz zevkleri de yardım ediyordu ona. Evet, annemin memesini emdiğim günleri ve o sütün kokusunu hatırlamaya başladım. Aslında bütün yemek kokularına karşı geleceğim diye aldığım kararlar uçup gitmişti aklımdan, ama hayır, hayır bnları unutamazdım ve unutmadım. Bir ara ileri geri gidip geldim ne yapacağıma karar veremiyordum, sanki kararım buymuş gibi, sanki yiyecek arıyormuşum gibi etrafı, kokladım. Hiçbir şey bulamamış olmam cesaretimi kırmadı; orada olmalıydı yiyecek, yani benden birkaç adım uzakta çok çok bir iki metre kadar, ama bacaklarım götüremiyordu beni oraya kadar. Yine de biliyordum: Orada yiyecek olamazdı, bunun için burdaydım. Bu irade dışı hareketleri, burada düşüp kalırım ve bir yere gidemem korkusuyla yapıyordum. Son umutlarım da yıkılmıştı, burada açlıktan ölecek yok olacaktım. İyi ama araştırmalarım ne olacaktı? Yararı neydi? Çocukluğumda kalmış ve artık çok uzaklarda ve unutulmuş mutlu işlerdi bunlar. Bir o kadar da çocukça işlerdi ama şimdi son derece cönemli bir an yaşıyordum: Sorularımın gerçek önemleri ortaya çıkacaktı, ama bu sorular ortadan kaybolmuşlardı? Açlıktan havayı yutmaya hatta ısırmaya çalışan bir köpek şu çalıların arasında uzanmış yatıyordu. Kısa aralıklarla ve farkında olmadan yeri ıslatmaya devam etse de belleğine yerleşmiş sayısız büyülü sözlerin en kısasını bile hatırlayamadan yatıyordu, yeni doğmuş bir eniğin süt emerken çıkardığı o sesi bile hatırlayamıyordu. Arkadaşlarımla aramdaki mesafe hiç bir şekilde kısa değil sonsuzmuş. Şimdi böyle olduğu ortaya çıkıyordu, burada açlıktan değil unutulmuş olmak nedeniyle sanırım ölecektim. Çünkü hiç kimsenin umurunda değildim. Beni, yeraltında, yerüstünde ya da havada hiç kimse aramıyordu. Onlar beni aramadığı için burada ölecektim ve kimsenin umurunda olmayacaktım; başıma gelecek olan şey de buydu. Zaten ben de bunun böyle olacağına inanmıştım? İyi ama böyle terk edilmiş olmayı isteyen ben değil miydim? Doğru, kardeşler, bendim ama niyetim burada böyle açlıktan ölmek değildi. Amacım gerçeğin bilgisine ulaşmaktı. Ben kendisinden hakikati öğrenebileceğim birilerinin olmadığı yalanlar dünyasında doğmuş ve büyümüştüm. Bu nedenle ben, kendim bile bu gerçeği kendime öğretemezdim. Yalanlarla dolu bu dünyadan uzaklaşmak istemiş ve başaramamıştım. Belki de hakikat o kadar uzakta değildi, ben de ben terkedilmiş değildim. Terkeden bizzat bendim.. Öyle ya! Ölüme boyun eğerek arkadaşlarımdan çok ben kendim, kendimi terketmiyor muydum?

Ama, ölüm huzursuz, bir köpeğin hayal ettiği kadar kolay değil. Bayılmışım, kendime gelip de gözlerimi açtığımda hiç tanımadığım bir köpek karşımda dikilmiş bekliyordu. Açlık duymuyordum, hatta güçlüydüm, bacaklarımı da hiç olmadığı kadar güçlü hissediyordum, ama ayağa kalkıp bunu kanıtlama isteği de duymuyordum. Görmem bulanıklaşmış görme gücüm azalmıştı. Buna rağmen karşımdakinin bir tazı köpeği olduğunu görebiliyordum. Olağanüstü değilse de güzel bir köpekti. Gördüğüm şey yalnızca buydu, ama ben yine de bu köpeğin arkasında çok daha güzel şeyler vermiş gibi hissediyordum. Altımda kan vardı, önce yiyecek sanmıştım ama sonra ne olduğunu anladım: Bu benim kustuğum kandı. Gözlerimi kandan çevirdim ve hala bana bakmakta olan tazıya döndüm. İnce, uzun bacakları olan, tüyleri yer yer beyaz lekelerle bezenmiş kahverengi, bakışları canlı güzel bir tazıydı. "Ne yapıyorsun burada?" diye soruyordu. "Buradan böyle duramazsın." Bu durumda bir açıklama yapmanın gereği yoktu, "Şu an çıkıp gidemem," dedim. Zaten ne durumda olduğumu görüyordu. Çıkıp gidemeyeceğim gibi, ona bir şeyler anlatabilmem de mümkün değildi ve zaten onun da bir telaşı var gibiydi. Her an gidecek gibi duruyordu. Sabırsızca bacaklarını bir sağa bir sola kaldırıp duruyordu, "Ne olur git," dedi. "Beni burada kendi halime bırak ve git," dedim, "düşünme beni; zaten kimsenin düşündüğü yok, sen de düşünme." "Ben senin iyiliğini istiyorum gitmelisin," dedi. "Ne için istersen iste," diye cevap verdim, "istesem bile gidemem ben" diye ekleme yaptım. Gülümseyerek, "Korkmamalısın," dedi, "eğer istersen gidebilirsin. Çok zayıf görünüyorsun ve bunun için şimdi kalk ve git diyorum sana, istersen yavaş yavaş gidebilirsin; ama eğer gecikirsen koşmak zorunda kalacaksın." Bu ısrarını anlayamamıştım. "Benim bileceğim şey bu," dedim. "Ben de biraz bilirim," diye karşılık verdi. Benim inatçı tavırlarım onun canını sıkmış olmalıydı. Her halde beni rahat bırakmaya karar vermişti ama şansını son bir kez daha denemek istiyordu. Belki de bana kur yapacaktı. Başka şartlar altında, böyle bir köpeğin ısrarına dayanamazdım ama o anda, neden böyle yaptım bilmiyorum. Hatta bir ara onun ısrarlarına dayanamayacağım düşüncesiyle asabileştim ve "Defol!" diye bağırdım. Bağırmanın dışında kendimi savunacak bir şey yapamazdım. "Pekâlâ, gidiyorum," dedi küçük adımlarla geri çekilirken. Ayrıca şunları söyledi: "Çok güzelsin ama sanırım benden hoşlanmadın." Ben hala gergindim. "Ancak buradan gitmekle ve beni burada kendi halime bırakmakla hoşnut edebilirsin," dedim, ama aslında onu buna inandırmak istediğimden artık emin değildim. Oruçla daha duyarlı hale gelmiş duyularım, onun çevresinde yeni bir şeyler görür ya da işitir gibi oldu. Bitti sandığım görüşme sanki daha yeni başlıyordu. Yerinden kalkarak biraz daha yaklaştı ve o an bu tazının beni bulunduğum yerden kovalayacak gücü vardı ve ben ona karşı koyabilecek durumda değildim. Yüzüne baktım, benim onu böylesine kaba karşılamam ve söylediğim sözler onu üzmüş gibiydi. "Kimsin sen?" diye sordum. "Bir av köpeğiyim," diye cevap verdi. "Neden beni rahatsız ediyorsun. Ben burada yatmak istiyorum," dedim. "Asıl sen beni rahatsız ediyorsun." dedi. "Sen buradayken ben nasıl avlanabilirim ki," dedi. "İyi ama hiç denedin mi?" dedim, "belki de bir şeyler avlanabilirsin." "Hayır," dedi. "Üzgünüm, ama buradan gitmelisin." "Bugün de avlanma, ne olur!" diye yalvardım. "Hayır," dedi, "avlanmam gerek." "Benim gitmem, senin de avlanman zorunlu, öyle mi?" dedim, "zorunluluklar dışında bir şey yok mu? Söyleyebilir misin bana bu zorunluluklar niçin?" "Hayır," diye cevap verdi, "ama başka ne söylenebilir ki; bunlar her zaman vardır ve çok doğaldır." "Kesinlikle doğal değil," dedim, "beni buradan uzaklaştırdığın için sıkılıyorsun ama buna rağmen vazgeçmek niyetinde de değilsin." "Öyle," dedi. "Aynen öyle," diye tekrarladım söylediğini, "ama aslında cevap bu olmamalıydı. Benim için bir fedekarlık yapacak olsan neyi seçerdin: Avlanmayı mı yoksa beni uzaklaştırmayı mı?" Hiç bir teredütü yoktu, "Seni buradan uzaklaştırmamayı," dedi. "İyi ama," dedim, "burada kendi anlayışına ters düştüğünün farkında değil misin?" "Niye kendi anlayışıma ters düşeyim?" diye cevap verdi. "Benim sevgili tazı köpeğim, nasıl olur da bunu anlamazsın? Bu yaptığım da benim için zorunlu. Böylesine açık bir olayı nasıl olur da anlamazsın?"

Artık susmaya karar vermiştim ve bir daha konuşmadım. Ruhumun derinliklerinde büyük bir kıpırdama ve yeni bir hayat başlıyordu. Aynı kıpırdama tazıyı da etkilemişti ve sanki bir şarkı söylemeye hazırlanıyordu. "Şarkı söyleyeceksin galiba," dedim. Son derece ciddi görünüyordu. "Evet," diye cevap verdi, "şarkı söyleyeceğim ama şimdi değil biraz sonra." Ben onun bu halini ima ederek, "başladın bile," dedim. "Hayır," dedi, "henüz başlamadım ama söylemeye hazırlanıyorum." Ben titreyerek de olsa, "Söylediğini inkâr ediyorsun ama ben söylediğini şu an bile işitebiliyorum," dedim. Cevap vermedi. Ben bir anda daha önce önce hiçbir köpeğin görmemiş olabileceğini düşündüğüm bir şey gördüğümü sandım. Köpek geleneğinde böyle bir şey olmadığından, bitmek bilmeyen bir korkuya kapıldım. Ayrıca utanç da duyuyordum ki başımı önümde duran pıhtılaşmış kan birikintisine doğru eğme ihtiyacı hissettim. Zavallı hayvan, şarkı söylediğini farkında bile değildi. Her şeye rağmen ondan yükselen melodinin, müzik yasalarına bağlı kalarak havada süzüldüğünü ve sanki tazıyı aşarak, bana doğru, yalnız bana doğru geldiğini görür gibi olmuştum. Elbette bunu şu an doğrulayamam, aşırı yorgunluktan ve heyecandan kaynaklanan bir yanlış algılama da olabilir. Ne var ki, bu bir yanılgı bile olsa çok büyük bir anlama sahipti, oruç tuttuğum zamandan bu dünyaya taşıdığım gerçekliğin ta kendisiydi ve en azından kendimizde olmadığımız zamanlar nerelere kadar gidebileceğimizin göstergesi oluyor ki ben, o an gerçekten de bilincimi kaybetmiştim.

Ben normal zamanlarda her hangi bir melodi duyduğumda asla yerimden kımıldayamaz ve müzikten rahatsız olurdum, ancak o gün kulaklarıma kadar gelen melodi dayanılmazdı. Tazı kendisinden çıktığını kabul etmese de çok güçlü bir melodiydi ve gücü giderek artıyordu. Öyleki, neredeyse kulaklarımı patlatacaktı ama daha da kötüsü bu melodi sadece benim içindi. Aşırı şiddetli olması, ormanın gürültüsünü bile susturmuştu. Ben bu gürültüye rağmen hala orada kalmaya devam etmem doğrusu büyük cesaretti. Duyduğum bu sese rağmen hala orada o kan ve pislik üzerinde yatıyordum. Bu duruma son vermeliydim. Sendeleyerek de olsa ayağa kalktım ve durumuma bakındım. Gücünü kaybetmiş bu vücutla koşabilmem mümkün değildi, ama duyduğum melodi bana güç vermişti. Oradan koşarak ayrıldım. Arkadaşlarıma yanına vardığımda onlara herşeyi olduğu gibi anlatabilirdim ve aslında istediğim şey de buydu ama o kadar zayıf düşmüştüm ki, hiç bir şey yapamazdım. Bu konuyla ilgili olarak zaman zaman ağzımdan kaçırdığım bir iki kelime de konuşmanın doğal seyri içinde dikkati çekmeden kaybolup gitti. Ben, birkaç saat içinde bedenen iyileşmiş de olsam bu gün hala o anların derin etkisi içindeyim.

Bu olayların derin etkisiyle, araştırmalarımı zaman içerisinde müzik alanına kaydırdım. Doğrusu, bilim bu alanda da ihmal edilmemiş. Bana anlatıldığına göre, müzik bilimsel araştırma alanı olarak gıda biliminden çok daha geniş araştırmaların yapıldığı bir bilim dalı. Bunun nedeni daha sağlam temellere dayanıyor olması olabilir. Bu alanın, nesnel araştırmalara daha uygun olması bir avantaj sağlıyor. Gıda biliminde temel amaç sadece doğrudan pratik sonuçlar elde etmekle sınırlı. Müzik biliminde, bilgi doğrudan gözlem ve sistemleştirme yapılmasıyla elde edilebiliyor. Müzik bilimine duyulan saygı gıda biliminden daha büyük ve halk arasında çok daha derin kökleri var. Örneğin ben, ormanda o sesi duyunca müzik bilimine karşı diğer köpeklerden çok daha fazla ilgili olduğumu farkettim. O müzisyen köpeklerle karşılaşmamın beni etkilemesinin nedeni de yine müzik olmalı. Bunu sonradan farkettim ama o zamanlar davranışımın nedenini anlamayacak kadar küçük ve toydum.

Bu bilimi anlamak ve tam olarak kavrayabilmek sanıldığı kadar kolay değil. Genellikle çok sınırlı bir çevrenin sahiplendiği bir alandır ve öyle kabul görür. Sıradan olanlar nazikçe dışarıda tutulurlar. Ayrıca, o küçük köpeklerde beni derinden etkileyen şey önce müzikleri olmalıydı ama nedense, sessiz olmaları daha bir anlamlı gelmişti bana. Müziklerine gelince korkutucuydu ve asla sıradan değildi. Belki de bu nedenle sonraları bu olayı unutmuştum ama onların sessizlikleri çok sonraları karşılaştığım köpeklerin tamamında dikkatimi çekmişti. Gerçek köpek doğasının yiyecek araştırmalarında, bu sessizlik beni amacıma götürecek en kısa yol gibi görünmüştü. Yanılıyor olmam da doğaldı ama bu iki bilim arasındaki sınırlar daha o günlerde bile dikkatimden kaçmamıştı. Açıklamaya çalıştığım şey yiyeceğin aşağıya doğru geldiği büyülenme kuramı. Müzik bilimiyle hiçbir zaman ciddi olarak uğraşmadım ama ve bu alanda kendimi yarı okumuşlar arasında bile görmüyorum. Bilim çevrelerinin tepeden baktığı bu yarı okumuşlar sınıfı içinde bile olamamam bana hiç yakışmıyor. Bu duygunun verdiği eziklikten kendimi bir türlü kurtaramıyorum. Bu konuda söz sahibi olan birinin bana yöneltebileceği en sıradan soruları bile cevaplıyamam. Bunu deneyimlerimle öğrendim. Şu ana kadar yaptığım açıklamaları bir yana bırakırsak, bunun nedeninin, benim bilimsel araştırma konusundaki yetersizliğim, sınırlı düşünme gücüm, kötü belleğim olduğu söylenebilir ve ayrıca bilimsel bir amacımın olmayışı ve bu konudaki eksikliklerimde buna eklenmelidir. Bütün bunları açık yüreklilikle, kabul ediyor olmak hoşuma gidiyor. Çünkü benim bilimsel yeteneksizliğimin daha derinde yatan asıl nedeni, bir içgüdü olmalı diye düşünüyorum ancak bu iç güdü hiç de kötü bir iç güdü değildir. İşte ben, benim bilimsel yetersizliğimin nedeni olan ve bu yeteneğimin değerini azaltan şeyin bu iç güdü olduğunu söyleyebilirim ve bununla övünürüm. Ben yaşamın hiç de küçük görülemeyecek önemli işlerinde başarı gösterebiliyorum yani zekiyim, yaptığım tesbitler bilimin kendisi tarafından onaylanmasa bile, bilim adamları tarafından yerinde görülmüşve onaylanmış tesbitlerdir. İşte benim gibi bir köpeğin, patisini bilim merdiveninin ilk basamağına bile koymaktan aciz olacağı gibi bir önyargı kabul edilemeyecek kadar sıradışıdır. Buna hiç şüphe yok. Bilimsel araştırmalar için bile olsa, bilimin büyük amaçlarına uygun olarak özgürlüğe her şeyden daha büyük bir bedel ödememin nedeni işte bu içgüdüydü. Özgürlük! Şüphesiz ki, bugünkü değeri ele alındığında, kazanılması için ödenen bedel göz önüne alındığında ne kadar da acınılacak bir şey.

Forschungen eines Hundes

Wie sich mein Leben verändert hat und wie es sich doch nicht verändert hat im Grunde! Wenn ich jetzt zurückdenke und die Zeiten mir zurückrufe, da ich noch inmitten der Hundeschaft lebte, teilnahm an allem, was sie bekümmert, ein Hund unter Hunden, finde ich bei näherem Zusehen doch, daß hier seit jeher etwas nicht stimmte, eine kleine Bruchstelle vorhanden war, ein leichtes Unbehagen inmitten der ehrwürdigsten volklichen Veranstaltungen mich befiel, ja manchmal selbst im vertrauten Kreise, nein, nicht manchmal, sondern sehr oft, der bloße Anblick eines mir lieben Mithundes, der bloße Anblick, irgendwie neu gesehen, mich verlegen, erschrocken, hilflos, ja mich verzweifelt machte. Ich suchte mich gewissermaßen zu begütigen, Freunde, denen ich es eingestand, halfen mir, es kamen wieder ruhigere Zeiten – Zeiten, in denen zwar jene Überraschungen nicht fehlten, aber gleichmütiger aufgenommen, gleichmütiger ins Leben eingefügt wurden, vielleicht traurig und müde machten, aber im übrigen mich bestehen ließen als einen zwar ein wenig kalten, zurückhaltenden, ängstlichen, rechnerischen, aber alles in allem genommen doch regelrechten Hund. Wie hätte ich auch ohne die Erholungspausen das Alter erreichen können, dessen ich mich jetzt erfreue, wie hätte ich mich durchringen können zu der Ruhe, mit der ich die Schrecken meiner Jugend betrachte und die Schrecken des Alters ertrage, wie hätte ich dazu kommen können, die Folgerungen aus meiner, wie ich zugebe, unglücklichen oder, um es vorsichtiger auszudrücken, nicht sehr glücklichen Anlage zu ziehen und fast völlig ihnen entsprechend zu leben. Zurückgezogen, einsam, nur mit meinen hoffnungslosen, aber mir unentbehrlichen kleinen Untersuchungen beschäftigt, so lebe ich, habe aber dabei von der Ferne den Überblick über mein Volk nicht verloren, oft dringen Nachrichten zu mir und auch ich lasse hie und da von mir hören. Man behandelt mich mit Achtung, versteht meine Lebensweise nicht, aber nimmt sie mir nicht übel, und selbst junge Hunde, die ich hier und da in der Ferne vorüberlaufen sehe, eine neue Generation, an deren Kindheit ich mich kaum dunkel erinnere, versagen mir nicht den ehrerbietigen Gruß.

Man darf eben nicht außer acht lassen, daß ich trotz meinen Sonderbarkeiten, die offen zutage liegen, doch bei weitem nicht völlig aus der Art schlage. Es ist ja, wenn ichs bedenke – und dies zu tun habe ich Zeit und Lust und Fähigkeit –, mit der Hundeschaft überhaupt wunderbar bestellt. Es gibt außer uns Hunden vielerlei Arten von Geschöpfen ringsumher, arme, geringe, stumme, nur auf gewisse Schreie eingeschränkte Wesen, viele unter uns Hunden studieren sie, haben ihnen Namen gegeben, suchen ihnen zu helfen, sie zu erziehen, zu veredeln und dergleichen. Mir sind sie, wenn sie mich nicht etwa zu stören versuchen, gleichgültig, ich verwechsle sie, ich sehe über sie hinweg. Eines aber ist zu auffallend, als daß es mir hätte entgehen können, wie wenig sie nämlich mit uns Hunden verglichen, zusammenhalten, wie fremd und stumm und mit einer gewissen Feindseligkeit sie aneinander vorübergehen, wie nur das gemeinste Interesse sie ein wenig äußerlich verbinden kann und wie selbst aus diesem Interesse oft noch Haß und Streit entsteht. Wir Hunde dagegen! Man darf doch wohl sagen, daß wir alle förmlich in einem einzigen Haufen leben, alle, so unterschieden wir sonst durch die unzähligen und tiefgehenden Unterscheidungen, die sich im Laufe der Zeiten ergeben haben. Alle in einem Haufen! Es drängt uns zueinander und nichts kann uns hindern, diesem Drängen genugzutun, alle unsere Gesetze und Einrichtungen, die wenigen, die ich noch kenne und die zahllosen, die ich vergessen habe, gehen zurück auf die Sehnsucht nach dem größten Glück, dessen wir fähig sind, dem warmen Beisammensein. Nun aber das Gegenspiel hierzu. Kein Geschöpf lebt meines Wissens so weithin zerstreut wie wir Hunde, keines hat so viele, gar nicht übersehbare Unterschiede der Klassen, der Arten, der Beschäftigungen. Wir, die wir zusammenhalten wollen, – und immer wieder gelingt es uns trotz allem in überschwenglichen Augenblicken – gerade wir leben weit von einander getrennt, in eigentümlichen, oft schon dem Nebenhund unverständlichen Berufen, festhaltend an Vorschriften, die nicht die der Hundeschaft sind; ja, eher gegen sie gerichtet. Was für schwierige Dinge das sind, Dinge, an die man lieber nicht rührt – ich verstehe auch diesen Standpunkt, verstehe ihn besser als den meinen –, und doch Dinge, denen ich ganz und gar verfallen bin. Warum tue ich es nicht wie die anderen, lebe einträchtig mit meinem Volke und nehme das, was die Eintracht stört, stillschweigend hin, vernachlässige es als kleinen Fehler in der großen Rechnung, und bleibe immer zugekehrt dem, was glücklich bindet, nicht dem, was, freilich immer wieder unwiderstehlich, uns aus dem Volkskreis zerrt.

Ich erinnere mich an einen Vorfall aus meiner Jugend, ich war damals in einer jener seligen, unerklärlichen Aufregungen, wie sie wohl jeder als Kind erlebt, ich war noch ein ganz junger Hund, alles gefiel mir, alles hatte Bezug zu mir, ich glaubte, daß große Dinge um mich vorgehen, deren Anführer ich sei, denen ich meine Stimme leihen müsse, Dinge, die elend am Boden liegenbleiben müßten, wenn ich nicht für sie lief, für sie meinen Körper schwenkte, nun, Phantasien der Kinder, die mit den Jahren sich verflüchtigen. Aber damals waren sie stark, ich war ganz in ihrem Bann, und es geschah dann auch freilich etwas Außerordentliches, was den wilden Erwartungen Recht zu geben schien. An sich war es nichts Außerordentliches, später habe ich solche und noch merkwürdigere Dinge oft genug gesehen, aber damals traf es mich mit dem starken, ersten, unverwischbaren, für viele folgende richtunggebenden Eindruck. Ich begegnete nämlich einer kleinen Hundegesellschaft, vielmehr, ich begegnete ihr nicht, sie kam auf mich zu. Ich war damals lange durch die Finsternis gelaufen, in Vorahnung großer Dinge – eine Vorahnung, die freilich leicht täuschte, denn ich hatte sie immer –, war lange durch die Finsternis gelaufen, kreuz und quer, blind und taub für alles, geführt von nichts als dem unbestimmten Verlangen, machte plötzlich halt in dem Gefühl, hier sei ich am rechten Ort, sah auf und es war überheller Tag, nur ein wenig dunstig, alles voll durcheinander wogender, berauschender Gerüche, ich begrüßte den Morgen mit wirren Lauten, da – als hätte ich sie heraufbeschworen – traten aus irgendwelcher Finsternis unter Hervorbringung eines entsetzlichen Lärms, wie ich ihn noch nie gehört hatte, sieben Hunde ans Licht. Hätte ich nicht deutlich gesehen, daß es Hunde waren und daß sie selbst diesen Lärm mitbrachten, obwohl ich nicht erkennen konnte, wie sie ihn erzeugten – ich wäre sofort weggelaufen, so aber blieb ich. Damals wußte ich noch fast nichts von der nur dem Hundegeschlecht verliehenen schöpferischen Musikalität, sie war meiner sich erst langsam entwickelnden Beobachtungskraft bisher natürlicherweise entgangen, hatte mich doch die Musik schon seit meiner Säuglingszeit umgeben als ein mir selbstverständliches, unentbehrliches Lebenselement, welches von meinem sonstigen Leben zu sondern nichts mich zwang, nur in Andeutungen, dem kindlichen Verstand entsprechend, hatte man mich darauf hinzuweisen versucht, um so überraschender, geradezu niederwerfend waren jene sieben großen Musikkünstler für mich. Sie redeten nicht, sie sangen nicht, sie schwiegen im allgemeinen fast mit einer großen Verbissenheit, aber aus dem leeren Raum zauberten sie die Musik empor. Alles war Musik, das Heben und Niedersetzen ihrer Füße, bestimmte Wendungen des Kopfes, ihr Laufen und ihr Ruhen, die Stellungen, die sie zueinander einnahmen, die reigenmäßigen Verbindungen, die sie miteinander eingingen, indem etwa einer die Vorderpfoten auf des anderen Rücken stützte und sie sich dann so ordneten, daß der erste aufrecht die Last aller andern trug, oder indem sie mit ihren nah am Boden hinschleichenden Körpern verschlungene Figuren bildeten und niemals sich irrten; nicht einmal der letzte, der noch ein wenig unsicher war, nicht immer gleich den Anschluß an die andern fand, gewissermaßen im Anschlagen der Melodie manchmal schwankte, aber doch unsicher war nur im Vergleich mit der großartigen Sicherheit der anderen und selbst bei viel größerer, ja bei vollkommener Unsicherheit nichts hätte verderben können, wo die anderen, große Meister, den Takt unerschütterlich hielten. Aber man sah sie ja kaum, man sah sie ja alle kaum. Sie waren hervorgetreten, man hatte sie innerlich begrüßt als Hunde, sehr beirrt war man zwar von dem Lärm, der sie begleitete, aber es waren doch Hunde, Hunde wie ich und du, man beobachtete sie gewohnheitsmäßig, wie Hunde, denen man auf dem Weg begegnet, man wollte sich ihnen nähern, Grüße tauschen, sie waren auch ganz nah, Hunde, zwar viel älter als ich und nicht von meiner langhaarigen wolligen Art, aber doch auch nicht allzu fremd an Größe und Gestalt, recht vertraut vielmehr, viele von solcher oder ähnlicher Art kannte ich, aber während man noch in solchen Überlegungen befangen war, nahm allmählich die Musik überhand, faßte einen förmlich, zog einen hinweg von diesen wirklichen kleinen Hunden und, ganz wider Willen, sich sträubend mit allen Kräften, heulend, als würde einem Schmerz bereitet, durfte man sich mit nichts anderem beschäftigen, als mit der von allen Seiten, von der Höhe, von der Tiefe, von überall her kommenden, den Zuhörer in die Mitte nehmenden, überschüttenden, erdrückenden, über seiner Vernichtung noch in solcher Nähe, daß es schon Ferne war, kaum hörbar noch Fanfaren blasenden Musik. Und wieder wurde man entlassen, weil man schon zu erschöpft, zu vernichtet, zu schwach war, um noch zu hören, man wurde entlassen und sah die sieben kleinen Hunde ihre Prozessionen führen, ihre Sprünge tun, man wollte sie, so ablehnend sie aussahen, anrufen, um Belehrung bitten, sie fragen, was sie denn hier machten – ich war ein Kind und glaubte immer und jeden fragen zu dürfen –, aber kaum setzte ich an, kaum fühlte ich die gute, vertraute, hündische Verbindung mit den sieben, war wieder ihre Musik da, machte mich besinnungslos, drehte mich im Kreis herum, als sei ich selbst einer der Musikanten, während ich doch nur ihr Opfer war, warf mich hierhin und dorthin, so sehr ich auch um Gnade bat, und rettete mich schließlich vor ihrer eigenen Gewalt, indem sie mich in ein Gewirr von Hölzern drückte, das in jener Gegend ringsum sich erhob, ohne daß ich es bisher bemerkt hatte, mich jetzt fest umfing, den Kopf mir niederduckte und mir, mochte dort im Freien die Musik noch donnern, die Möglichkeit gab, ein wenig zu verschnaufen. Wahrhaftig, mehr als über die Kunst der sieben Hunde – sie war mir unbegreiflich, aber auch gänzlich unanknüpfbar außerhalb meiner Fähigkeiten –, wunderte ich mich über ihren Mut, sich dem, was sie erzeugten, völlig und offen auszusetzen, und über ihre Kraft, es, ohne daß es ihnen das Rückgrat brach, ruhig zu ertragen. Freilich erkannte ich jetzt aus meinem Schlupfloch bei genauerer Beobachtung, daß es nicht so sehr Ruhe, als äußerste Anspannung war, mit der sie arbeiteten, diese scheinbar so sicher bewegten Beine zitterten bei jedem Schritt in unaufhörlicher ängstlicher Zuckung, starr wie in Verzweiflung sah einer den anderen an, und die immer wieder bewältigte Zunge hing doch gleich wieder schlapp aus den Mäulern. Es konnte nicht Angst wegen des Gelingens sein, was sie so erregte; wer solches wagte, solches zustande brachte, der konnte keine Angst mehr haben. – Wovor denn Angst? Wer zwang sie denn zu tun, was sie hier taten? Und ich konnte mich nicht mehr zurückhalten, besonders da sie mir jetzt so unverständlich hilfsbedürftig erschienen, und so rief ich durch allen Lärm meine Fragen laut und fordernd hinaus. Sie aber – unbegreiflich! unbegreiflich! – sie antworteten nicht, taten, als wäre ich nicht da. Hunde, die auf Hundeanruf gar nicht antworten, ein Vergehen gegen die guten Sitten, das dem kleinsten wie dem größten Hunde unter keinen Umständen verziehen wird. Waren es etwa doch nicht Hunde? Aber wie sollten es denn nicht Hunde sein, hörte ich doch jetzt bei genauerem Hinhorchen sogar leise Zurufe, mit denen sie einander befeuerten, auf Schwierigkeiten aufmerksam machten, vor Fehlern warnten, sah ich doch den letzten kleinsten Hund, dem die meisten Zurufe galten, öfters nach mir hinschielen, so als hätte er viel Lust, mir zu antworten, bezwänge sich aber, weil es nicht sein dürfe. Aber warum durfte es nicht sein, warum durfte denn das, was unsere Gesetze bedingungslos immer verlangen, diesmal nicht sein? Das empörte sich in mir, fast vergaß ich die Musik. Diese Hunde hier vergingen sich gegen das Gesetz. Mochten es noch so große Zauberer sein, das Gesetz galt auch für sie, das verstand ich Kind schon ganz genau. Und ich merkte von da aus noch mehr. Sie hatten wirklich Grund zu schweigen, vorausgesetzt, daß sie aus Schuldgefühl schwiegen. Denn wie führten sie sich auf, vor lauter Musik hatte ich es bisher nicht bemerkt, sie hatten ja alle Scham von sich geworfen, die elenden taten das gleichzeitig Lächerlichste und Unanständigste, sie gingen aufrecht auf den Hinterbeinen. Pfui Teufel! Sie entblößten sich und trugen ihre Blöße protzig zur Schau: sie taten sich darauf zugute, und wenn sie einmal auf einen Augenblick dem guten Trieb gehorchten und die Vorderbeine senkten, erschraken sie förmlich, als sei es ein Fehler, als sei die Natur ein Fehler, hoben wieder schnell die Beine und ihr Blick schien um Verzeihung dafür zu bitten, daß sie in ihrer Sündhaftigkeit ein wenig hatten innehalten müssen. War die Welt verkehrt? Wo war ich? Was war denn geschehen? Hier durfte ich um meines eigenen Bestandes willen nicht mehr zögern, ich machte mich los aus den umklammernden Hölzern, sprang mit einem Satz hervor und wollte zu den Hunden, ich kleiner Schüler mußte Lehrer sein, mußte ihnen begreiflich machen, was sie taten, mußte sie abhalten vor weiterer Versündigung. »So alte Hunde, so alte Hunde!« wiederholte ich mir immerfort. Aber kaum war ich frei und nur noch zwei, drei Sprünge trennten mich von den Hunden, war es wieder der Lärm, der seine Macht über mich bekam. Vielleicht hätte ich in meinem Eifer sogar ihm, den ich doch nun schon kannte, widerstanden, wenn nicht durch alle seine Fülle, die schrecklich war, aber vielleicht doch zu bekämpfen, ein klarer, strenger, immer sich gleich bleibender, förmlich aus großer Ferne unverändert ankommender Ton, vielleicht die eigentliche Melodie inmitten des Lärms, geklungen und mich in die Knie gezwungen hätte. Ach, was machten doch diese Hunde für eine betörende Musik. Ich konnte nicht weiter, ich wollte sie nicht mehr belehren, mochten sie weiter die Beine spreizen, Sünden begehen und andere zur Sünde des stillen Zuschauens verlocken, ich war ein so kleiner Hund, wer konnte so Schweres von mir verlangen? Ich machte mich noch kleiner, als ich war, ich winselte, hätten mich danach die Hunde um meine Meinung gefragt, ich hätte ihnen vielleicht recht gegeben. Es dauerte übrigens nicht lange und sie verschwanden mit allem Lärm und allem Licht in der Finsternis, aus der sie gekommen waren.

Wie ich schon sagte: dieser ganze Vorfall enthielt nichts Außergewöhnliches, im Verlauf eines langen Lebens begegnet einem mancherlei, was, aus dem Zusammenhang genommen und mit den Augen eines Kindes angesehen, noch viel erstaunlicher wäre. Überdies kann man es natürlich – wie der treffende Ausdruck lautet – >verreden<, so wie alles, dann zeigt sich, daß hier sieben Musiker zusammengekommen waren, um in der Stille des Morgens Musik zu machen, daß ein kleiner Hund sich hinverirrt hatte, ein lästiger Zuhörer, den sie durch besonders schreckliche oder erhabene Musik leider vergeblich zu vertreiben suchten. Er störte sie durch Fragen, hätten sie, die schon durch die bloße Anwesenheit des Fremdlings genug gestört waren, auch noch auf diese Belästigung eingehen und sie durch Antworten vergrößern sollen? Und wenn auch das Gesetz befiehlt, jedem zu antworten, ist denn ein solcher winziger, hergelaufener Hund überhaupt ein nennenswerter Jemand? Und vielleicht verstanden sie ihn gar nicht, er bellte ja doch wohl seine Fragen recht unverständlich. Oder vielleicht verstanden sie ihn wohl und antworteten in Selbstüberwindung, aber er, der Kleine, der Musik-Ungewohnte, konnte die Antwort von der Musik nicht sondern. Und was die Hinterbeine betrifft, vielleicht gingen sie wirklich ausnahmsweise nur auf ihnen, es ist eine Sünde, wohl! Aber sie waren allein, sieben Freunde unter Freunden, im vertraulichen Beisammensein, gewissermaßen in den eigenen vier Wänden, gewissermaßen ganz allein, denn Freunde sind doch keine Öffentlichkeit und wo keine Öffentlichkeit ist, bringt sie auch ein kleiner, neugieriger Straßenhund nicht hervor, in diesem Fall aber: ist es hier nicht so, als wäre nichts geschehen? Ganz so ist es nicht, aber nahezu, und die Eltern sollten ihre Kleinen weniger herumlaufen und dafür besser schweigen und das Alter achten lehren.

Ist man soweit, dann ist der Fall erledigt. Freilich, was für die Großen erledigt ist, ist es für die Kleinen noch nicht. Ich lief umher, erzählte und fragte, klagte an und forschte und wollte jeden hinziehen zu dem Ort, wo alles geschehen war, und wollte jedem zeigen, wo ich gestanden war und wo die sieben gewesen und wo und wie sie getanzt und musiziert hatten und, wäre jemand mit mir gekommen, statt daß mich jeder abgeschüttelt und ausgelacht hätte, ich hätte dann wohl meine Sündlosigkeit geopfert und mich auch auf die Hinterbeine zu stellen versucht, um alles genau zu verdeutlichen. Nun, einem Kinde nimmt man alles übel, verzeiht ihm aber schließlich auch alles. Ich aber habe dieses kindhafte Wesen behalten und bin darüber ein alter Hund geworden. So wie ich damals nicht aufhörte, jenen Vorfall, den ich allerdings heute viel niedriger einschätze, laut zu besprechen, in seine Bestandteile zu zerlegen, an den Anwesenden zu messen ohne Rücksicht auf die Gesellschaft, in der ich mich befand, nur immer mit der Sache beschäftigt, die ich lästig fand genau so wie jeder andere, die ich aber – das war der Unterschied – gerade deshalb restlos durch Untersuchung auflösen wollte, um den Blick endlich wieder freizubekommen für das gewöhnliche, ruhige, glückliche Leben des Tages. Ganz so wie damals habe ich, wenn auch mit weniger kindlichen Mitteln – aber sehr groß ist der Unterschied nicht – in der Folgezeit gearbeitet und halte auch heute nicht weiter.

Mit jenem Konzert aber begann es. Ich klage nicht darüber, es ist mein eingeborenes Wesen, das hier wirkt und das sich gewiß, wenn das Konzert nicht gewesen wäre, eine andere Gelegenheit gesucht hätte, um durchzubrechen. Nur daß es so bald geschah, tat mir früher manchmal leid, es hat mich um einen großen Teil meiner Kindheit gebracht, das glückselige Leben der jungen Hunde, das mancher für sich jahrelang auszudehnen imstande ist, hat für mich nur wenige kurze Monate gedauert. Sei's drum. Es gibt wichtigere Dinge als die Kindheit. Und vielleicht winkt mir im Alter, erarbeitet durch ein hartes Leben, mehr kindliches Glück, als ein wirkliches Kind zu ertragen die Kraft hätte, die ich dann aber haben werde.

Ich begann damals meine Untersuchungen mit den einfachsten Dingen, an Material fehlte es nicht, leider, der Überfluß ist es, der mich in dunklen Stunden verzweifeln läßt. Ich begann zu untersuchen, wovon sich die Hundeschaft nährt. Das ist nun, wenn man will, natürlich keine einfache Frage, sie beschäftigt uns seit Urzeiten, sie ist der Hauptgegenstand unseres Nachdenkens, zahllos sind die Beobachtungen und Versuche und Ansichten auf diesem Gebiete, es ist eine Wissenschaft geworden, die in ihren ungeheuren Ausmaßen nicht nur über die Fassungskraft des einzelnen, sondern über jene aller Gelehrten insgesamt geht und ausschließlich von niemandem anderen als von der gesamten Hundeschaft und selbst von dieser nur seufzend und nicht ganz vollständig getragen werden kann, immer wieder abbröckelt in altem, längst besessenem Gut und mühselig ergänzt werden muß, von den Schwierigkeiten und kaum zu erfüllenden Voraussetzungen meiner Forschung ganz zu schweigen. Das alles wende man mir nicht ein, das alles weiß ich, wie nur irgendein Durchschnittshund, es fällt mir nicht ein, mich in die wahre Wissenschaft zu mengen, ich habe alle Ehrfurcht vor ihr, die ihr gebührt, aber sie zu vermehren fehlt es mir an Wissen und Fleiß und Ruhe und – nicht zuletzt, besonders seit einigen Jahren – auch an Appetit. Ich schlinge das Essen hinunter, aber der geringsten vorgängigen geordneten landwirtschaftlichen Betrachtung ist es mir nicht wert. Mir genügt in dieser Hinsicht der Extrakt aller Wissenschaft, die kleine Regel, mit welcher die Mütter die Kleinen von ihren Brüsten ins Leben entlassen: »Mache alles naß, soviel du kannst.« Und ist hier nicht wirklich fast alles enthalten? Was hat die Forschung, von unseren Urvätern angefangen, entscheidend Wesentliches denn hinzuzufügen? Einzelheiten, Einzelheiten und wie unsicher ist alles. Diese Regel aber wird bestehen, solange wir Hunde sind. Sie betrifft unsere Hauptnahrung. Gewiß, wir haben noch andere Hilfsmittel, aber im Notfall und wenn die Jahre nicht zu schlimm sind, könnten wir von dieser Hauptnahrung leben, diese Hauptnahrung finden wir auf der Erde, die Erde aber braucht unser Wasser, nährt sich von ihm, und nur für diesen Preis gibt sie uns unsere Nahrung, deren Hervorkommen man allerdings, dies ist auch nicht zu vergessen, durch bestimmte Sprüche, Gesänge, Bewegungen beschleunigen kann. Das ist aber meiner Meinung nach alles; von dieser Seite her ist über diese Sache grundsätzlich nicht mehr zu sagen. Hierin bin ich auch einig mit der ganzen Mehrzahl der Hundeschaft und von allen in dieser Hinsicht ketzerischen Ansichten wende ich mich streng ab. Wahrhaftig, es geht mir nicht um Besonderheiten, um Rechthaberei, ich bin glücklich, wenn ich mit den Volksgenossen übereinstimmen kann, und in diesem Falle geschieht es. Meine eigenen Unternehmungen gehen aber in anderer Richtung. Der Augenschein lehrt mich, daß die Erde, wenn sie nach den Regeln der Wissenschaft besprengt und bearbeitet wird, die Nahrung hergibt, und zwar in solcher Qualität, in solcher Menge, auf solche Art, an solchen Orten, zu solchen Stunden, wie es die gleichfalls von der Wissenschaft ganz oder teilweise festgestellten Gesetze verlangen. Das nehme ich hin, meine Frage aber ist: »Woher nimmt die Erde diese Nahrung?« Eine Frage, die man im allgemeinen nicht zu verstehen vorgibt und auf die man mir bestenfalls antwortet: »Hast du nicht genug zu essen, werden wir dir von dem unseren geben.« Man beachte diese Antwort. Ich weiß: Es gehört nicht zu den Vorzügen der Hundeschaft, daß wir Speisen, die wir einmal erlangt haben, zur Verteilung bringen. Das Leben ist schwer, die Erde spröde, die Wissenschaft reich an Erkenntnissen, aber arm genug an praktischen Erfolgen; wer Speise hat, behält sie; das ist nicht Eigennutz, sondern das Gegenteil, ist

Hundegesetz, ist einstimmiger Volksbeschluß, hervorgegangen aus Überwindung der Eigensucht, denn die Besitzenden sind ja immer in der Minderzahl. Und darum ist jene Antwort: »Hast du nicht genug zu essen, werden wir dir von dem unseren geben« eine ständige Redensart, ein Scherzwort, eine Neckerei. Ich habe das nicht vergessen. Aber eine um so größere Bedeutung hatte es für mich, daß man mir gegenüber, damals als ich mich mit meinen Fragen in der Welt umhertrieb, den Spott beiseiteließ – man gab mir zwar noch immer nichts zu essen – woher hätte man es gleich nehmen sollen –, und wenn man es gerade zufällig hatte, vergaß man natürlich in der Raserei des Hungers jede andere Rücksicht, aber das Angebot meinte man ernst, und hie und da bekam ich dann wirklich eine Kleinigkeit, wenn ich schnell genug dabei war, sie an mich zu reißen. Wie kam es, daß man sich zu mir so besonders verhielt, mich schonte, mich bevorzugte? Weil ich ein magerer, schwacher Hund war, schlecht genährt und zu wenig um Nahrung besorgt? Aber es laufen viele schlecht genährte Hunde herum und man nimmt ihnen selbst die elendste Nahrung vor dem Mund weg, wenn man es kann, oft nicht aus Gier, sondern meist aus Grundsatz. Nein, man bevorzugte mich, ich konnte es nicht so sehr mit Einzelheiten belegen, als daß ich vielmehr den bestimmten Eindruck dessen hatte. Waren es also meine Fragen, über die man sich freute, die man für besonders klug ansah? Nein, man freute sich nicht und hielt sie alle für dumm. Und doch konnten es nur die Fragen sein, die mir die Aufmerksamkeit erwarben. Es war, als wolle man lieber das Ungeheuerliche tun, mir den Mund mit Essen zustopfen – man tat es nicht, aber man wollte es –, als meine Fragen dulden. Aber dann hätte man mich doch besser verjagen können und meine Fragen sich verbitten. Nein, das wollte man nicht, man wollte zwar meine Fragen nicht hören, aber gerade wegen dieser meiner Fragen wollte man mich nicht verjagen. Es war, so sehr ich ausgelacht, als dummes, kleines Tier behandelt, hin- und hergeschoben wurde, eigentlich die Zeit meines größten Ansehens, niemals hat sich später etwas derartiges wiederholt, überall hatte ich Zutritt, nichts wurde mir verwehrt, unter dem Vorwand rauher Behandlung wurde mir eigentlich geschmeichelt. Und alles also doch nur wegen meiner Fragen, wegen meiner Ungeduld, wegen meiner Forschungsbegierde. Wollte man mich damit einlullen, ohne Gewalt, fast liebend mich von einem falschen Wege abbringen, von einem Wege, dessen Falschheit doch nicht so über allem Zweifel stand, daß sie erlaubt hätte, Gewalt anzuwenden? – Auch hielt eine gewisse Achtung und Furcht von Gewaltanwendung ab. Ich ahnte schon damals etwas derartiges, heute weiß ich es genau, viel genauer als die, welche es damals taten, es ist wahr, man hat mich ablocken wollen von meinem Wege. Es gelang nicht, man erreichte das Gegenteil, meine Aufmerksamkeit verschärfte sich. Es stellte sich mir sogar heraus, daß ich es war, der die andern verlocken wollte, und daß mir tatsächlich die Verlockung bis zu einem gewissen Grade gelang. Erst mit Hilfe der Hundeschaft begann ich meine eigenen Fragen zu verstehen. Wenn ich zum Beispiel fragte: Woher nimmt die Erde diese Nahrung, – kümmerte mich denn dabei, wie es den Anschein haben konnte, die Erde, kümmerten mich etwa der Erde Sorgen? Nicht im geringsten, das lag mir, wie ich bald erkannte, völlig fern, mich kümmerten nur die Hunde, gar nichts sonst. Denn was gibt es außer den Hunden? Wen kann man sonst anrufen in der weiten, leeren Welt? Alles Wissen, die Gesamtheit aller Fragen und aller Antworten ist in den Hunden enthalten. Wenn man nur dieses Wissen wirksam, wenn man es nur in den hellen Tag bringen könnte, wenn sie nur nicht so unendlich viel mehr wüßten, als sie zugestehen, als sie sich selbst zugestehen. Noch der redseligste Hund ist verschlossener, als es die Orte zu sein pflegen, wo die besten Speisen sind. Man umschleicht den Mithund, man schäumt vor Begierde, man prügelt sich selbst mit dem eigenen Schwanz, man fragt, man bittet, man heult, man beißt und erreicht – und erreicht das, was man auch ohne jede Anstrengung erreichen würde: liebevolles Anhören, freundliche Berührungen, ehrenvolle Beschnupperungen, innige Umarmungen, mein und dein Heulen mischt sich in eines, alles ist darauf gerichtet, ein Entzücken, Vergessen und Finden, aber das eine, was man vor allem erreichen wollte: Eingeständnis des Wissens, das bleibt versagt. Auf diese Bitte, ob stumm, ob laut, antworten bestenfalls, wenn man die Verlockung schon aufs äußerste getrieben hat, nur stumpfe Mienen, schiefe Blicke, verhängte, trübe Augen. Es ist nicht viel anders, als es damals war, da ich als Kind die Musikerhunde anrief und sie schwiegen.

Nun könnte man sagen: »Du beschwerst dich über deine Mithunde, über ihre Schweigsamkeit hinsichtlich der entscheidenden Dinge, du behauptest, sie wüßten mehr, als sie eingestehen, mehr, als sie im Leben gelten lassen wollen, und dieses Verschweigen, dessen Grund und Geheimnis sie natürlich auch noch mitverschweigen, vergifte das Leben, mache es dir unerträglich, du müßtest es ändern oder es verlassen, mag sein, aber du bist doch selbst ein Hund, hast auch das Hundewissen, nun sprich es aus, nicht nur in Form der Frage, sondern als Antwort. Wenn du es aussprichst, wer wird dir widerstehen? Der große Chor der Hundeschaft wird einfallen, als hätte er darauf gewartet. Dann hast du Wahrheit, Klarheit, Eingeständnis, soviel du nur willst. Das Dach dieses niedrigen Lebens, dem du so Schlimmes nachsagst, wird sich öffnen und wir werden alle, Hund bei Hund, aufsteigen in die hohe Freiheit. Und sollte das Letzte nicht gelingen, sollte es schlimmer werden als bisher, sollte die ganze Wahrheit unerträglicher sein als die halbe, sollte sich bestätigen, daß die Schweigenden als Erhalter des Lebens im Rechte sind, sollte aus der leisen Hoffnung, die wir jetzt noch haben, völlige Hoffnungslosigkeit werden, des Versuches ist das Wort doch wert, da du so, wie du leben darfst, nicht leben willst. Nun also, warum machst du den anderen ihre Schweigsamkeit zum Vorwurf und schweigst selbst?« Leichte Antwort: Weil ich ein Hund bin. Im Wesentlichen genau so wie die anderen fest verschlossen, Widerstand leistend den eigenen Fragen, hart aus Angst. Frage ich denn, genau genommen, zumindest seit ich erwachsen bin, die Hundeschaft deshalb, damit sie mir antwortet? Habe ich so törichte Hoffnungen? Sehe ich die Fundamente unseres Lebens, ahne ihre Tiefe, sehe die Arbeiter beim Bau, bei ihrem finstern Werk, und erwarte noch immer, daß auf meine Fragen hin alles dies beendigt, zerstört, verlassen wird? Nein, das erwarte ich wahrhaftig nicht mehr. Ich verstehe sie, ich bin Blut von ihrem Blut, von ihrem armen, immer wieder jungen, immer wieder verlangenden Blut. Aber nicht nur das Blut haben wir gemeinsam, sondern auch das Wissen und nicht nur das Wissen, sondern auch den Schlüssel zu ihm. Ich besitze es nicht ohne die anderen, ich kann es nicht haben ohne ihre Hilfe. – Eisernen Knochen, enthaltend das edelste Mark, kann man nur beikommen durch ein gemeinsames Beißen aller Zähne aller Hunde. Das ist natürlich nur ein Bild und übertrieben; wären alle Zähne bereit, sie müßten nicht mehr beißen, der Knochen würde sich öffnen und das Mark läge frei dem Zugriff des schwächsten Hündchens. Bleibe ich innerhalb dieses Bildes, dann zielen meine Absicht, meine Fragen, meine Forschungen allerdings auf etwas Ungeheuerliches. Ich will diese Versammlung aller Hunde erzwingen, will unter dem Druck ihres Bereitseins den Knochen sich öffnen lassen, will sie dann zu ihrem Leben, das ihnen lieb ist, entlassen und dann allein, weit und breit allein, das Mark einschlürfen. Das klingt ungeheuerlich, ist fast so, als wollte ich mich nicht vom Mark eines Knochens nur, sondern vom Mark der Hundeschaft selbst nähren. Doch es ist nur ein Bild. Das Mark, von dem hier die Rede ist, ist keine Speise, ist das Gegenteil, ist Gift.

Mit meinen Fragen hetze ich nur noch mich selbst, will mich anfeuern durch das Schweigen, das allein ringsum mir noch antwortet. Wie lange wirst du es ertragen, daß die Hundeschaft, wie du dir durch deine Forschungen immer mehr zu Bewußtsein bringst, schweigt und immer schweigen wird? Wie lange wirst du es ertragen, so lautet über allen Einzelfragen meine eigentliche Lebensfrage: sie ist nur an mich gestellt und belästigt keinen andern. Leider kann ich sie leichter beantworten als die Einzelfragen: Ich werde es voraussichtlich aushalten bis zu meinem natürlichen Ende, den unruhigen Fragen widersteht immer mehr die Ruhe des Alters. Ich werde wahrscheinlich schweigend, vom Schweigen umgeben, nahezu friedlich, sterben und ich sehe dem gefaßt entgegen. Ein bewundernswürdig starkes Herz, eine vorzeitig nicht abzunützende Lunge sind uns Hunden wie aus Bosheit mitgegeben, wir widerstehen allen Fragen, selbst den eigenen, Bollwerk des Schweigens, das wir sind.

• Immer mehr in letzter Zeit überdenke ich mein Leben, suche den entscheidenden, alles verschuldenden Fehler, den ich vielleicht begangen habe, und kann ihn nicht finden. Und ich muß ihn doch begangen haben, denn hätte ich ihn nicht begangen und hätte trotzdem durch die redliche Arbeit eines langen Lebens das, was ich wollte, nicht erreicht, so wäre bewiesen, daß das, was ich wollte, unmöglich war und völlige Hoffnungslosigkeit würde daraus folgen. Sieh das Werk deines Lebens! Zuerst die Untersuchungen hinsichtlich der Frage: Woher nimmt die Erde die Nahrung für uns? Ein junger Hund, im Grunde natürlich gierig lebenslustig, verzichtete ich auf alle Genüsse, wich allen Vergnügungen im Bogen aus, vergrub vor Verlockungen den Kopf zwischen den Beinen und machte mich an die Arbeit. Es war keine Gelehrtenarbeit, weder was die Gelehrsamkeit, noch was die Methode, noch was die Absicht betrifft. Das waren wohl Fehler, aber entscheidend können sie nicht gewesen sein. Ich habe wenig gelernt, denn ich kam frühzeitig von der Mutter fort, gewöhnte mich bald an Selbständigkeit, führte ein freies Leben, und allzu frühe Selbständigkeit ist dem systematischen Lernen feindlich. Aber ich habe viel gesehen, gehört und mit vielen Hunden der verschiedensten Arten und Berufe gesprochen und alles, wie ich glaube, nicht schlecht aufgefaßt und die Einzelbeobachtungen nicht schlecht verbunden, das hat ein wenig die Gelehrsamkeit ersetzt, außerdem aber ist Selbständigkeit, mag sie für das Lernen ein Nachteil sein, für eigene Forschung ein gewisser Vorzug.

Sie war in meinem Falle um so nötiger, als ich nicht die eigentliche Methode der Wissenschaft befolgen konnte, nämlich die Arbeiten der Vorgänger zu benützen und mit den zeitgenössischen Forschern mich zu verbinden. Ich war völlig auf mich allein angewiesen, begann mit dem allerersten Anfang und mit dem für die Jugend beglückenden, für das Alter dann aber äußerst niederdrückenden Bewußtsein, daß der zufällige Schlußpunkt, den ich setzen werde, auch der endgültige sein müsse. War ich wirklich so allein mit meinen Forschungen, jetzt und seit jeher? Ja und nein. Es ist unmöglich, daß nicht immer und auch heute einzelne Hunde hier und dort in meiner Lage waren und sind. So schlimm kann es mit mir nicht stehen. Ich bin kein Haarbreit außerhalb des Hundewesens. Jeder Hund hat wie ich den Drang zu fragen, und ich habe wie jeder Hund den Drang zu schweigen. Jeder hat den Drang zu fragen. Hätte ich denn sonst durch meine Fragen auch nur die leichtesten Erschütterungen erreichen können, die zu sehen mir oft mit Entzücken, übertriebenem Entzücken allerdings, vergönnt war, und hätte ich denn, wenn es sich mit mir nicht so verhielte, nicht viel mehr erreichen müssen. Und daß ich den Drang zu schweigen habe, bedarf leider keines besonderen Beweises. Ich bin also grundsätzlich nicht anders als jeder andere Hund, darum wird mich trotz allen Meinungsverschiedenheiten und Abneigungen im Grunde jeder anerkennen und ich werde es mit jedem Hund nicht anders tun. Nur die Mischung der Elemente ist verschieden, ein persönlich sehr großer, volklich bedeutungsloser Unterschied. Und nun sollte die Mischung dieser immer vorhandenen Elemente innerhalb der Vergangenheit und Gegenwart niemals ähnlich der meinen ausgefallen sein und, wenn man meine Mischung unglücklich nennen will, nicht auch noch viel unglücklicher? Das wäre gegen alle übrige Erfahrung. In den wunderbarsten Berufen sind wir Hunde beschäftigt. Berufe, an die man gar nicht glauben würde, wenn man nicht die vertrauenswürdigsten Nachrichten darüber hätte. Ich denke hier am liebsten an das Beispiel der Lufthunde. Als ich zum erstenmal von einem hörte, lachte ich, ließ es mir auf keine Weise einreden. Wie? Es sollte einen Hund von allerkleinster Art geben, nicht viel größer als mein Kopf, auch im hohen Alter nicht größer, und dieser Hund, natürlich schwächlich, dem Anschein nach ein künstliches, unreifes, übersorgfältig frisiertes Gebilde, unfähig, einen ehrlichen Sprung zu tun, dieser Hund sollte, wie man erzählte, meistens hoch in der Luft sich fortbewegen, dabei aber keine sichtbare Arbeit machen, sondern ruhen. Nein, solche Dinge mir einreden wollen, das hieß doch die Unbefangenheit eines jungen Hundes gar zu sehr ausnützen, glaubte ich. Aber kurz darauf hörte ich von anderer Seite von einem anderen Lufthund erzählen. Hatte man sich vereinigt, mich zum besten zu halten? Dann aber sah ich die Musikerhunde, und von der Zeit an hielt ich es für möglich, kein Vorurteil beschränkte meine Fassungskraft, den unsinnigsten Gerüchten ging ich nach, verfolgte sie, soweit ich konnte, das Unsinnigste erschien mir in diesem unsinnigen Leben wahrscheinlicher als das Sinnvolle und für meine Forschung besonders ergiebig. So auch die Lufthunde. Ich erfuhr vielerlei über sie, es gelang mir zwar bis heute nicht, einen zu sehen, aber von ihrem Dasein bin ich schon längst fest überzeugt und in meinem Weltbild haben sie ihren wichtigen Platz. Wie meistens so auch hier ist es natürlich nicht die Kunst, die mich vor allem nachdenklich macht. Es ist wunderbar, wer kann das leugnen, daß diese Hunde in der Luft zu schweben imstande sind, im Staunen darüber bin ich mit der Hundeschaft einig. Aber viel wunderbarer ist für mein Gefühl die Unsinnigkeit, die schweigende Unsinnigkeit dieser Existenzen. Im allgemeinen wird sie gar nicht begründet, sie schweben in der Luft, und dabei bleibt es, das Leben geht weiter seinen Gang, hie und da spricht man von Kunst und Künstlern, das ist alles. Aber warum, grundgütige Hundeschaft, warum nur schweben die Hunde? Welchen Sinn hat ihr Beruf? Warum ist kein Wort der Erklärung von ihnen zu bekommen? Warum schweben sie dort oben, lassen die Beine, den Stolz des Hundes verkümmern, sind getrennt von der nährenden Erde, säen nicht und ernten doch, werden angeblich sogar auf Kosten der Hundeschaft besonders gut genährt. Ich kann mir schmeicheln, daß ich durch meine Fragen in diese Dinge doch ein wenig Bewegung gebracht habe. Man beginnt zu begründen, eine Art Begründung zusammenzuhaspeln, man beginnt, und wird allerdings auch über diesen Beginn nicht hinausgehen. Aber etwas ist es doch. Und es zeigt sich dabei zwar nicht die Wahrheit – niemals wird man soweit kommen –, aber doch etwas von der tiefen Verwirrung der Lüge. Alle unsinnigen Erscheinungen unseres Lebens und die unsinnigsten ganz besonders lassen sich nämlich begründen. Nicht vollständig natürlich – das ist der teuflische Witz –, aber um sich gegen peinliche Fragen zu schützen, reicht es hin. Die Lufthunde wieder als Beispiel genommen: sie sind nicht hochmütig, wie man zunächst glauben könnte, sie sind vielmehr der Mithunde besonders bedürftig, versucht man sich in ihre Lage zu versetzen, versteht man es. Sie müssen ja, wenn sie es schon nicht offen tun können – das wäre Verletzung der Schweigepflicht –, so doch auf irgendeine andere Art für ihre Lebensweise Verzeihung zu erlangen suchen oder wenigstens von ihr ablenken, sie vergessen machen – sie tun das, wie man mir erzählt, durch eine fast unerträgliche Geschwätzigkeit. Immerfort haben sie zu erzählen, teils von ihren philosophischen Überlegungen, mit denen sie sich, da sie auf körperliche Anstrengung völlig verzichtet haben, fortwährend beschäftigen können, teils von den Beobachtungen, die sie von ihrem erhöhten Standort aus machen. Und obwohl sie sich, was bei einem solchen Lotterleben selbstverständlich ist, durch Geisteskraft nicht sehr auszeichnen, und ihre Philosophie so wertlos ist wie ihre Beobachtungen, und die Wissenschaft kaum etwas davon verwenden kann und überhaupt auf so jämmerliche Hilfsquellen nicht angewiesen ist, trotzdem wird man, wenn man fragt, was die Lufthunde überhaupt wollen, immer wieder zur Antwort bekommen, daß sie zur Wissenschaft viel beitragen. »Das ist richtig«, sagt man darauf, »aber ihre Beiträge sind wertlos und lästig.« Die weitere Antwort ist Achselzucken, Ablenkung, Ärger oder Lachen, und in einem Weilchen, wenn man wieder fragt, erfährt man doch wiederum, daß sie zur Wissenschaft beitragen, und schließlich, wenn man nächstens gefragt wird und sich nicht sehr beherrscht, antwortet man das Gleiche. Und vielleicht ist es auch gut, nicht allzu hartnäckig zu sein und sich zu fügen, die schon bestehenden Lufthunde nicht in ihrer Lebensberechtigung anzuerkennen, was unmöglich ist, aber doch zu dulden. Aber mehr darf man nicht verlangen, das ginge zu weit, und man verlangt es doch. Man verlangt die Duldung immer neuer Lufthunde, die heraufkommen. Man weiß gar nicht genau, woher sie kommen. Vermehren sie sich durch Fortpflanzung? Haben sie denn noch die Kraft dazu, sie sind ja nicht viel mehr als ein schönes Fell, was soll sich hier fortpflanzen? Auch wenn das Unwahrscheinliche möglich wäre, wann sollte es geschehen? Immer sieht man sie doch allein, selbstgenügsam oben in der Luft, und wenn sie einmal zu laufen sich herablassen, geschieht es nur ein kleines Weilchen lang, ein paar gezierte Schritte und immer wieder nur streng allein und in angeblichen Gedanken, von denen sie sich, selbst wenn sie sich anstrengen, nicht losreißen können, wenigstens behaupten sie das. Wenn sie sich aber nicht fortpflanzen, wäre es denkbar, daß sich Hunde finden, welche freiwillig das ebenerdige Leben aufgeben, freiwillig Lufthunde werden und um den Preis der Bequemlichkeit und einer gewissen Kunstfertigkeit dieses öde Leben dort auf den Kissen wählen? Das ist nicht denkbar, weder Fortpflanzung, noch freiwilliger Anschluß ist denkbar. Die Wirklichkeit aber zeigt, daß es doch immer wieder neue Lufthunde gibt; daraus ist zu schließen, daß, mögen auch die Hindernisse unserem Verstande unüberwindbar scheinen, eine einmal vorhandene Hundeart, sei sie auch noch so sonderbar, nicht ausstirbt, zumindest nicht leicht, zumindest nicht ohne daß in jeder Art etwas wäre, das sich erfolgreich wehrt.

Muß ich das, wenn es für eine so abseitige, sinnlose, äußerlich allersonderbarste, lebensunfähige Art wie die der Lufthunde gilt, nicht auch für meine Art annehmen? Dabei bin ich äußerlich gar nicht sonderbar, gewöhnlicher Mittelstand, der wenigstens hier in der Gegend sehr häufig ist, durch nichts besonders hervorragend, durch nichts besonders verächtlich, in meiner Jugend und noch teilweise im Mannesalter, solange ich mich nicht vernachlässigte und viel Bewegung hatte, war ich sogar ein recht hübscher Hund. Besonders meine Vorderansicht wurde gelobt, die schlanken Beine, die schöne Kopfhaltung, aber auch mein grau-weiß-gelbes, nur in den Haarspitzen sich ringelndes Fell war sehr gefällig, das alles ist nicht sonderbar, sonderbar ist nur mein Wesen, aber auch dieses ist, wie ich niemals außer acht lassen darf, im allgemeinen Hundewesen wohl begründet. Wenn nun sogar der Lufthund nicht allein bleibt, hier und dort in der großen Hundewelt immer wieder sich einer findet und sie sogar aus dem Nichts immer wieder neuen Nachwuchs holen, dann kann auch ich der Zuversicht leben, daß ich nicht verloren bin. Freilich ein besonderes Schicksal müssen meine Artgenossen haben, und ihr Dasein wird mir niemals sichtbar helfen, schon deshalb nicht, weil ich sie kaum je erkennen werde. Wir sind die, welche das Schweigen drückt, welche es förmlich aus Lufthunger durchbrechen wollen, den anderen scheint im Schweigen wohl zu sein, zwar hat es nur diesen Anschein, so wie bei den Musikhunden, die scheinbar ruhig musizierten, in Wirklichkeit aber sehr aufgeregt waren, aber dieser Anschein ist stark, man versucht ihm beizukommen, er spottet jeden Angriffs. Wie helfen sich nun meine Artgenossen? Wie sehen ihre Versuche, dennoch zu leben, aus? Das mag verschieden sein. Ich habe es mit meinen Fragen versucht, solange ich jung war. Ich könnte mich also vielleicht an die halten, welche viel fragen, und da hätte ich dann meine Artgenossen. Ich habe auch das eine Zeitlang mit Selbstüberwindung versucht, mit Selbstüberwindung, denn mich kümmern ja vor allem die, welche antworten sollen; die, welche mir immerfort mit Fragen, die ich meist nicht beantworten kann, dazwischenfahren, sind mir widerwärtig. Und dann, wer fragt denn nicht gern, solange er jung ist, wie soll ich aus den vielen Fragen die richtigen herausfinden? Eine Frage klingt wie die andere, auf die Absicht kommt es an, die aber ist verborgen, oft auch dem Frager. Und überhaupt, das Fragen ist ja eine Eigentümlichkeit der Hundeschaft, alle fragen durcheinander, es ist, als sollte damit die Spur der richtigen Fragen verwischt werden. Nein, unter den Fragern der Jungen finde ich meine Artgenossen nicht, und unter den Schweigern, den Alten, zu denen ich jetzt gehöre, ebensowenig. Aber was wollen denn die Fragen, ich bin ja mit ihnen gescheitert, wahrscheinlich sind meine Genossen viel klüger als ich und wenden ganz andere vortreffliche Mittel an, um dieses Leben zu ertragen, Mittel freilich, die, wie ich aus eigenem hinzufüge, vielleicht ihnen zur Not helfen, beruhigen, einschläfern, artverwandelnd wirken, aber in der Allgemeinheit ebenso ohnmächtig sind, wie die meinen, denn, soviel ich auch ausschaue, einen Erfolg sehe ich nicht. Ich fürchte, an allem anderen werde ich meine Artgenossen eher erkennen als am Erfolg. Wo sind denn aber meine Artgenossen? Ja, das ist die Klage, das ist sie eben. Wo sind sie? Überall und nirgends. Vielleicht ist es mein Nachbar, drei Sprünge weit von mir, wir rufen einander oft zu, er kommt auch zu mir herüber, ich zu ihm nicht. Ist er mein Artgenosse? Ich weiß nicht, ich erkenne zwar nichts dergleichen an ihm, aber möglich ist es. Möglich ist es, aber doch ist nichts unwahrscheinlicher. Wenn er fern ist, kann ich zum Spiel mit Zuhilfenahme aller Phantasie manches mich verdächtig Anheimelnde an ihm herausfinden, steht er dann aber vor mir, sind alle meine Erfindungen zum Lachen. Ein alter Hund, noch etwas kleiner als ich, der ich kaum Mittelgröße habe, braun, kurzhaarig, mit müde hängendem Kopf, mit schlürfenden Schritten, das linke Hinterbein schleppt er überdies infolge einer Krankheit ein wenig nach. So nah wie mit ihm verkehre ich schon seit langem mit niemandem, ich bin froh, daß ich ihn doch noch leidlich ertrage, und wenn er fortgeht, schreie ich ihm die freundlichsten Dinge nach, freilich nicht aus Liebe, sondern zornig auf mich, weil ich ihn, wenn ich ihm nachgehe, doch wieder nur ganz abscheulich finde, wie er sich wegschleicht mit dem nachschleppenden Fuß und dem viel zu niedrigen Hinterteil. Manchmal ist mir, als wollte ich mich selbst verspotten, wenn ich ihn in Gedanken meinen Genossen nenne. Auch in unseren Gesprächen verrät er nichts von irgendeiner Genossenschaft, zwar ist er klug und, für unsere Verhältnisse hier, gebildet genug und ich könnte viel von ihm lernen, aber suche ich Klugheit und Bildung? Wir unterhalten uns gewöhnlich über örtliche Fragen und ich staune dabei, durch meine Einsamkeit in dieser Hinsicht hellsichtiger gemacht, wieviel Geist selbst für einen gewöhnlichen Hund, selbst bei durchschnittlich nicht allzu ungünstigen Verhältnissen nötig ist, um sein Leben zu fristen und sich vor den größten üblichen Gefahren zu schützen. Die Wissenschaft gibt zwar die Regeln; sie aber auch nur von Ferne und in den gröbsten Hauptzügen zu verstehen ist gar nicht leicht, und wenn man sie verstanden hat, kommt erst das eigentlich Schwere, sie nämlich auf die örtlichen Verhältnisse anzuwenden – hier kann kaum jemand helfen, fast jede Stunde gibt neue Aufgaben und jedes neue Flecken Erde seine besonderen; daß er für die Dauer irgendwo eingerichtet ist und daß sein Leben nun gewissermaßen von selbst verläuft, kann niemand von sich behaupten, nicht einmal ich, dessen Bedürfnisse sich förmlich von Tag zu Tag verringern. Und alle diese unendliche Mühe – zu welchem Zweck? Doch nur um sich immer weiter zu vergraben im Schweigen und um niemals und von niemand mehr herausgeholt werden zu können.

Man rühmt oft den allgemeinen Fortschritt der Hundeschaft durch die Zeiten und meint damit wohl hauptsächlich den Fortschritt der Wissenschaft. Gewiß, die Wissenschaft schreitet fort, das ist unaufhaltsam, sie schreitet sogar mit Beschleunigung fort, immer schneller, aber was ist daran zu rühmen? Es ist so, als wenn man jemanden deshalb rühmen wollte, weil er mit zunehmenden Jahren älter wird und infolgedessen immer schneller der Tod sich nähert. Das ist ein natürlicher und überdies ein häßlicher

Vorgang, an dem ich nichts zu rühmen finde. Ich sehe nur Verfall, wobei ich aber nicht meine, daß frühere Generationen im Wesen besser waren, sie waren nur jünger, das war ihr großer Vorzug, ihr Gedächtnis war noch nicht so überlastet wie das heutige, es war noch leichter, sie zum Sprechen zu bringen, und wenn es auch niemandem gelungen ist, die Möglichkeit war größer, diese größere Möglichkeit ist ja das, was uns beim Anhören jener alten, doch eigentlich einfältigen Geschichten so erregt. Hie und da hören wir ein andeutendes Wort und möchten fast aufspringen, fühlten wir nicht die Last der Jahrhunderte auf uns. Nein, was ich auch gegen meine Zeit einzuwenden habe, die früheren Generationen waren nicht besser als die neueren, ja in gewissem Sinn waren sie viel schlechter und schwächer. Die Wunder gingen freilich auch damals nicht frei über die Gassen zum beliebigen Einfangen, aber die Hunde waren, ich kann es nicht anders ausdrücken, noch nicht so hündisch wie heute, das Gefüge der Hundeschaft war noch locker, das wahre Wort hätte damals noch eingreifen, den Bau bestimmen, umstimmen, nach jedem Wunsche ändern, in sein Gegenteil verkehren können und jenes Wort war da, war zumindest nahe, schwebte auf der Zungenspitze. Jeder konnte es erfahren; wo ist es heute hingekommen, heute könnte man schon ins Gekröse greifen und würde es nicht finden. Unsere Generation ist vielleicht verloren, aber sie ist unschuldiger als die damalige. Das Zögern meiner Generation kann ich verstehen, es ist ja auch gar kein Zögern mehr, es ist das Vergessen eines vor tausend Nächten geträumten und tausendmal vergessenen Traumes, wer will uns gerade wegen des tausendsten Vergessens zürnen? Aber auch das Zögern unserer Urväter glaube ich zu verstehen, wir hätten wahrscheinlich nicht anders gehandelt, fast möchte ich sagen: Wohl uns, daß nicht wir es waren, die die Schuld auf uns laden mußten, daß wir vielmehr in einer schon von anderen verfinsterten Welt in fast schuldlosem Schweigen dem Tode zueilen dürfen. Als unsere Urväter abirrten, dachten sie wohl kaum an ein endloses Irren, sie sahen ja förmlich noch den Kreuzweg, es war leicht, wann immer zurückzukehren, und wenn sie zurückzukehren zögerten, so nur deshalb, weil sie noch eine kurze Zeit sich des Hundelebens freuen wollten, es war noch gar kein eigentümliches Hundeleben und schon schien es ihnen berauschend schön, wie mußte es erst später werden, wenigstens noch ein kleines Weilchen später, und so irrten sie weiter. Sie wußten nicht, was wir bei Betrachtung des Geschichtsverlaufes ahnen können, daß die Seele sich früher wandelt als das Leben und daß sie, als sie das Hundeleben zu freuen begann, schon eine recht althündische Seele haben mußten und gar nicht mehr so nahe dem Ausgangspunkt waren, wie ihnen schien oder wie ihr in allen Hundefreuden schwelgendes Auge sie glauben machen wollte. – Wer kann heute noch von Jugend sprechen. Sie waren die eigentlichen jungen Hunde, aber ihr einziger Ehrgeiz war leider darauf gerichtet, alte Hunde zu werden, etwas, was ihnen freilich nicht mißlingen konnte, wie alle folgenden Generationen beweisen und unsere, die letzte, am besten.

Über alle diese Dinge rede ich natürlich mit meinem Nachbarn nicht, aber ich muß oft an sie denken, wenn ich ihm gegenübersitze, diesem typischen alten Hund, oder die Schnauze in sein Fell vergrabe, das schon einen Anhauch jenes Geruches hat, den abgezogene Felle haben. Über jene Dinge mit ihm zu reden wäre sinnlos, auch mit jedem anderen. Ich weiß, wie das Gespräch verlaufen würde. Er hätte einige kleine Einwände hie und da, schließlich würde er zustimmen – Zustimmung ist die beste Waffe – und die Sache wäre begraben, warum sie aber überhaupt erst aus ihrem Grab bemühen? Und trotz allem, es gibt doch vielleicht eine über bloße Worte hinausgehende tiefere Übereinstimmung mit meinem Nachbarn. Ich kann nicht aufhören, das zu behaupten, obwohl ich keine Beweise dafür habe und vielleicht dabei nur einer einfachen Täuschung unterliege, weil er eben seit langem der einzige ist, mit dem ich verkehre, und ich mich also an ihn halten muß. »Bist du doch vielleicht mein Genosse auf deine Art? Und schämst dich, weil dir alles mißlungen ist? Sieh, mir ist es ebenso gegangen. Wenn ich allein bin, heule ich darüber, komm, zu zweit ist es süßer«, so denke ich manchmal und sehe ihn dabei fest an. Er senkt dann den Blick nicht, aber auch zu entnehmen ist ihm nichts, stumpf sieht er mich an und wundert sich, warum ich schweige und unsere Unterhaltung unterbrochen habe. Aber vielleicht ist gerade dieser Blick seine Art zu fragen, und ich enttäusche ihn, so wie er mich enttäuscht. In meiner Jugend hätte ich ihn, wenn mir damals nicht andere Fragen wichtiger gewesen wären und ich nicht allein mir reichlich genügt hätte, vielleicht laut gefragt, hätte eine matte Zustimmung bekommen und also weniger als heute, da er schweigt. Aber schweigen nicht alle ebenso? Was hindert mich zu glauben, daß alle meine Genossen sind, daß ich nicht nur hie und da einen Mitforscher hatte, der mit seinen winzigen Ergebnissen versunken und vergessen ist und zu dem ich auf keine Weise mehr gelangen kann durch das Dunkel der Zeiten oder das Gedränge der Gegenwart, daß ich vielmehr in allem seit jeher Genossen habe, die sich alle bemühen nach ihrer Art, alle erfolglos nach ihrer Art, alle schweigend oder listig plappernd nach ihrer Art, wie es die hoffnungslose Forschung mit sich bringt. Dann hätte ich mich aber auch gar nicht absondern müssen, hätte ruhig unter den anderen bleiben können, hätte nicht wie ein unartiges Kind durch die Reihen der Erwachsenen mich hinausdrängen müssen, die ja ebenso hinauswollen wie ich, und an denen mich nur ihr Verstand beirrt, der ihnen sagt, daß niemand hinauskommt und daß alles Drängen töricht ist.

Solche Gedanken sind allerdings deutlich die Wirkung meines Nachbarn, er verwirrt mich, er macht mich melancholisch; und ist für sich fröhlich genug, wenigstens höre ich ihn, wenn er in seinem Bereich ist, schreien und singen, daß es mir lästig ist. Es wäre gut, auch auf diesen letzten Verkehr zu verzichten, nicht vagen Träumereien nachzugehen, wie sie jeder Hundeverkehr, so abgehärtet man zu sein glaubt, unvermeidlich erzeugt, und die kleine Zeit, die mir bleibt, ausschließlich für meine Forschungen zu verwenden. Ich werde, wenn er nächstens kommt, mich verkriechen und schlafend stellen, und das so lange wiederholen, bis er ausbleibt.

Auch ist in meine Forschungen Unordnung gekommen, ich lasse nach, ich ermüde, ich trotte nur noch mechanisch, wo ich begeistert lief. Ich denke zurück an die Zeit, als ich die Frage: »Woher nimmt die Erde unsere Nahrung?« zu untersuchen begann. Freilich lebte ich damals mitten im Volk, drängte mich dorthin, wo es am dichtesten war, wollte alle zu Zeugen meiner Arbeiten machen, diese Zeugenschaft war mir sogar wichtiger als meine Arbeit; da ich ja noch irgendeine allgemeine Wirkung erwartete, erhielt ich natürlich eine große Anfeuerung, die nun für mich Einsamen vorbei ist. Damals aber war ich so stark, daß ich etwas tat, was unerhört ist, allen unsern Grundsätzen widerspricht und an das sich gewiß jeder Augenzeuge von damals als an etwas Unheimliches erinnert. Ich fand in der Wissenschaft, die sonst zu grenzenloser Spezialisierung strebt, in einer Hinsicht eine merkwürdige Vereinfachung. Sie lehrt, daß in der Hauptsache die Erde unsere Nahrung hervorbringt, und gibt dann, nachdem sie diese Voraussetzung gemacht hat, die Methoden an, mit welchen sich die verschiedenen Speisen in bester Art und größter Fülle erreichen lassen. Nun ist es freilich richtig, daß die Erde die Nahrung hervorbringt, daran kann kein Zweifel sein, aber so einfach, wie es gewöhnlich dargestellt wird, jede weitere Untersuchung ausschließend, ist es nicht. Man nehme doch nur die primitivsten Vorfälle her, die sich täglich wiederholen. Wenn wir gänzlich untätig wären, wie ich es nun schon fast bin, nach flüchtiger Bodenbearbeitung uns zusammenrollten und warteten, was kommt, so würden wir allerdings, vorausgesetzt, daß sich überhaupt etwas ergeben würde, die Nahrung auf der Erde finden. Aber das ist doch nicht der Regelfall. Wer sich nur ein wenig Unbefangenheit gegenüber der Wissenschaft bewahrt hat – und deren sind freilich wenige, denn die Kreise, welche die Wissenschaft zieht, werden immer größer – wird, auch wenn er gar nicht auf besondere Beobachtungen ausgeht, leicht erkennen, daß der

Hauptteil der Nahrung, die dann auf der Erde liegt, von oben herabkommt, wir fangen ja je nach unserer Geschicklichkeit und Gier das meiste sogar ab, ehe es die Erde berührt. Damit sage ich noch nichts gegen die Wissenschaft, die Erde bringt ja auch diese Nahrung natürlich hervor. Ob sie die eine aus sich herauszieht oder die andere aus der Höhe herabruft, ist ja vielleicht kein wesentlicher Unterschied, und die Wissenschaft, welche festgestellt hat, daß in beiden Fällen Bodenbearbeitung nötig ist, muß sich vielleicht mit jenen Unterscheidungen nicht beschäftigen, heißt es doch: »Hast du den Fraß im Maul, so hast du für diesmal alle Fragen gelöst.« Nur scheint es mir, daß die Wissenschaft sich in verhüllter Form doch wenigstens teilweise mit diesen Dingen beschäftigt, da sie ja doch zwei Hauptmethoden der Nahrungsbeschaffung kennt, nämlich die eigentliche Bodenbearbeitung und dann die Ergänzungs-Verfeinerungs-Arbeit in Form von Spruch, Tanz und Gesang. Ich finde darin eine zwar nicht vollständige, aber doch genug deutliche, meiner Unterscheidung entsprechende Zweiteilung. Die Bodenbearbeitung dient meiner Meinung nach zur Erzielung von beiderlei Nahrung und bleibt immer unentbehrlich, Spruch, Tanz und Gesang aber betreffen weniger die Bodennahrung im engeren Sinn, sondern dienen hauptsächlich dazu, die Nahrung von oben herabzuziehen. In dieser Auffassung bestärkt mich die Tradition. Hier scheint das Volk die Wissenschaft richtigzustellen, ohne es zu wissen und ohne daß die Wissenschaft sich zu wehren wagt. Wenn, wie die Wissenschaft will, jene Zeremonien nur dem Boden dienen sollten, etwa um ihm die Kraft zu geben, die Nahrung von oben zu holen, so müßten sie sich doch folgerichtig völlig am Boden vollziehen, dem Boden müßte alles zugeflüstert, vorgesprungen, vorgetanzt werden. Die Wissenschaft verlangt wohl auch meines Wissens nichts anderes. Und nun das Merkwürdige, das Volk richtet sich mit allen seinen Zeremonien in die Höhe. Es ist dies keine Verletzung der Wissenschaft, sie verbietet es nicht, läßt dem Landwirt darin die Freiheit, sie denkt bei ihren Lehren nur an den Boden, und führt der Landwirt ihre auf den Boden sich beziehenden Lehren aus, ist sie zufrieden, aber ihr Gedankengang sollte meiner Meinung nach eigentlich mehr verlangen. Und ich, der ich niemals tiefer in die Wissenschaft eingeweiht worden bin, kann mir gar nicht vorstellen, wie die Gelehrten es dulden können, daß unser Volk, leidenschaftlich wie es nun einmal ist, die Zaubersprüche aufwärts ruft, unsere alten Volksgesänge in die Lüfte klagt und Sprungtänze aufführt, als ob es sich, den Boden vergessend, für immer emporschwingen wollte. Von der Betonung dieser Widersprüche ging ich aus, ich beschränkte mich, wann immer nach den Lehren der Wissenschaft die Erntezeit sich näherte, völlig auf den Boden, ich scharrte ihn im Tanz, ich verdrehte den Kopf, um nur dem Boden möglichst nahe zu sein. Ich machte mir später eine Grube für die Schnauze und sang so und deklamierte, daß nur der Boden es hörte und niemand sonst neben oder über mir.

Die Forschungsergebnisse waren gering. Manchmal bekam ich das Essen nicht und schon wollte ich jubeln über meine Entdeckung, aber dann kam das Essen doch wieder, so als wäre man zuerst beirrt gewesen durch meine sonderbare Aufführung, erkenne aber jetzt den Vorteil, den sie bringt, und verzichte gern auf meine Schreie und Sprünge. Oft kam das Essen sogar reichlicher als früher, aber dann blieb es doch auch wieder gänzlich aus. Ich machte mit einem Fleiß, der an jungen Hunden bisher unbekannt gewesen war, genaue Aufstellungen aller meiner Versuche, glaubte schon hie und da eine Spur zu finden, die mich weiter führen könnte, aber dann verlief sie sich doch wieder ins Unbestimmte. Es kam mir hierbei unstrittig auch meine ungenügende wissenschaftliche Vorbereitung in die Quere. Wo hatte ich die Bürgschaft, daß zum Beispiel das Ausbleiben des Essens nicht durch mein Experiment, sondern durch unwissenschaftliche Bodenbearbeitung bewirkt war, und traf das zu, dann waren alle meine Schlußfolgerungen haltlos. Unter gewissen Bedingungen hätte ich ein fast ganz präzises Experiment erreichen können, wenn es mir nämlich gelungen wäre, ganz ohne Bodenbearbeitung – einmal nur durch aufwärts gerichtete Zeremonie das Herabkommen des Essens und dann durch ausschließliche Boden-Zeremonie das Ausbleiben des Essens zu erreichen. Ich versuchte auch derartiges, aber ohne festen Glauben und nicht mit vollkommenen Versuchsbedingungen, denn, meiner unerschütterlichen Meinung nach, ist wenigstens eine gewisse Bodenbearbeitung immer nötig und, selbst wenn die Ketzer, die es nicht glauben, recht hätten, ließe es sich doch nicht beweisen, da die Bodenbesprengung unter einem Drang geschieht und sich in gewissen Grenzen gar nicht vermeiden läßt. Ein anderes, allerdings etwas abseitiges Experiment glückte mir besser und machte einiges Aufsehen. Anschließend an das übliche Abfangen der Nahrung aus der Luft beschloß ich, die Nahrung zwar niederfallen zu lassen, sie aber auch nicht abzufangen. Zu diesem Zwecke machte ich immer, wenn die Nahrung kam, einen kleinen Luftsprung, der aber immer so berechnet war, daß er nicht ausreichte; meistens fiel sie dann doch stumpf-gleichgültig zu Boden und ich warf mich wütend auf sie, in der Wut nicht nur des Hungers, sondern auch der Enttäuschung. Aber in vereinzelten Fällen geschah doch etwas anderes, etwas eigentlich Wunderbares, die Speise fiel nicht, sondern folgte mir in der Luft, die Nahrung verfolgte den Hungrigen. Es geschah nicht lange, eine kurze Strecke nur, dann fiel sie doch oder verschwand gänzlich oder – der häufigste Fall – meine Gier beendete vorzeitig das Experiment und ich fraß die Sache auf. Immerhin, ich war damals glücklich, durch meine Umgebung ging ein Raunen, man war unruhig und aufmerksam geworden, ich fand meine Bekannten zugänglicher meinen Fragen, in ihren Augen sah ich irgendein Hilfe suchendes Leuchten, mochte es auch nur der Widerschein meiner eigenen Blicke sein, ich wollte nichts anderes, ich war zufrieden. Bis ich dann freilich erfuhr – und die anderen erfuhren es mit mir – daß dieses Experiment in der Wissenschaft längst beschrieben ist, viel großartiger schon gelungen als mir, zwar schon lange nicht gemacht werden konnte wegen der Schwierigkeit der Selbstbeherrschung, die es verlangt, aber wegen seiner angeblichen wissenschaftlichen Bedeutungslosigkeit auch nicht wiederholt werden muß. Es beweise nur, was man schon wußte, daß der Boden die Nahrung nicht nur gerade abwärts von oben holt, sondern auch schräg, ja sogar in Spiralen. Da stand ich nun, aber entmutigt war ich nicht, dazu war ich noch zu jung, im Gegenteil, ich wurde dadurch aufgemuntert zu der vielleicht größten Leistung meines Lebens. Ich glaubte der wissenschaftlichen Entwertung meines Experimentes nicht, aber hier hilft kein Glauben, sondern nur der Beweis, und den wollte ich antreten und wollte damit auch dieses ursprünglich etwas abseitige Experiment ins volle Licht, in den Mittelpunkt der Forschung stehen. Ich wollte beweisen, daß, wenn ich vor der Nahrung zurückwich, nicht der Boden sie schräg zu sich herabzog, sondern ich es war, der sie hinter mir her lockte. Dieses Experiment konnte ich allerdings nicht weiter ausbauen, den Fraß vor sich zu sehen und dabei wissenschaftlich zu experimentieren, das hielt man für die Dauer nicht aus. Aber ich wollte etwas anderes tun, ich wollte, solange ichs aushielt, völlig fasten, allerdings dabei auch jeden Anblick der Nahrung, jede Verlockung vermeiden. Wenn ich mich so zurückzog, mit geschlossenen Augen liegenblieb, Tag und Nacht, weder um das Aufheben, noch um das Abfangen der Nahrung mich kümmerte und, wie ich nicht zu behaupten wagte, aber leise hoffte, ohne alle sonstigen Maßnahmen, nur auf die unvermeidliche unrationelle Bodenbesprengung und stilles Aufsagen der Sprüche und Lieder hin (den Tanz wollte ich unterlassen, um mich nicht zu schwächen) die Nahrung von oben selbst herabkäme und, ohne sich um den Boden zu kümmern, an mein Gebiß klopfen würde, um eingelassen zu werden, – wenn dies geschah, dann war die Wissenschaft zwar nicht widerlegt, denn sie hat genug Elastizität für Ausnahmen und Einzelfälle, aber was würde das Volk sagen, das glücklicherweise nicht so viel Elastizität hat? Denn es würde das ja auch kein Ausnahmefall von der Art sein, wie sie die Geschichte überliefert, daß etwa einer wegen körperlicher Krankheit oder wegen Trübsinns sich weigert, die Nahrung vorzubereiten, zu suchen, aufzunehmen und dann die Hundeschaft in Beschwörungsformeln sich vereinigt und dadurch ein Abirren der Nahrung von ihrem gewöhnlichen Weg geradewegs in das Maul des Kranken erreicht. Ich dagegen war in voller Kraft und Gesundheit, mein Appetit so prächtig, daß er mich tagelang hinderte, an etwas anderes zu denken als an ihn, ich unterzog mich, mochte man es glauben oder nicht, dem Fasten freiwillig, war selbst imstande, für das Herabkommen der Nahrung zu sorgen und wollte es auch tun, brauchte aber auch keine Hilfe der Hundeschaft und verbat sie mir sogar auf das entschiedenste.

Ich suchte mir einen geeigneten Ort in einem entlegenen Gebüsch, wo ich keine Eßgespräche, kein Schmatzen und Knochenknacken hören würde, fraß mich noch einmal völlig satt und legte mich dann hin. Ich wollte womöglich die ganze Zeit mit geschlossenen Augen verbringen; solange kein Essen kommen sollte, würde es für mich ununterbrochen Nacht sein, mochte es Tage und Wochen dauern. Dabei durfte ich allerdings, das war eine große Erschwerung, wenig oder am besten gar nicht schlafen, denn ich mußte ja nicht nur die Nahrung herabbeschwören, sondern auch auf der Hut sein, daß ich die Ankunft der Nahrung nicht etwa verschlafe, andererseits wiederum war Schlaf sehr willkommen, denn schlafend würde ich viel länger hungern können als im Wachen. Aus diesen Gründen beschloß ich, die Zeit vorsichtig einzuteilen und viel zu schlafen, aber immer nur ganz kurze Zeit. Ich erreichte dies dadurch, daß ich den Kopf im Schlaf immer auf einen schwachen Ast stützte, der bald einknickte und mich dadurch weckte. So lag ich, schlief oder wachte, träumte oder sang still für mich hin. Die erste Zeit verging ereignislos, noch war es vielleicht dort, woher die Nahrung kommt, irgendwie unbemerkt geblieben, daß ich mich hier gegen den üblichen Verlauf der Dinge stemmte, und so blieb alles still. Ein wenig störte mich in meiner Anstrengung die Befürchtung, daß die Hunde mich vermissen, bald auffinden und etwas gegen mich unternehmen würden. Eine zweite Befürchtung war, daß auf die bloße Besprengung hin der Boden, obwohl es ein nach der Wissenschaft unfruchtbarer Boden war, die sogenannte Zufallsnahrung hergeben und ihr Geruch mich verführen würde. Aber vorläufig geschah nichts dergleichen, und ich konnte weiterhungern. Abgesehen von diesen Befürchtungen war ich zunächst ruhig, wie ich es an mir noch nie bemerkt hatte. Obwohl ich hier eigentlich an der Aufhebung der Wissenschaft arbeitete, erfüllte mich Behagen und fast die sprichwörtliche Ruhe des wissenschaftlichen Arbeiters. In meinen Träumereien erlangte ich von der Wissenschaft Verzeihung, es fand sich in ihr auch ein Raum für meine Forschungen, trostreich klang es mir in den Ohren, daß ich, mögen auch meine Forschungen noch so erfolgreich werden, und besonders dann, keineswegs für das Hundeleben verloren sei, die Wissenschaft sei mir freundlich geneigt, sie selbst werde die Deutung meiner Ergebnisse vornehmen und dieses Versprechen bedeute schon die Erfüllung selbst, ich würde, während ich mich bisher im Innersten ausgestoßen fühlte und die Mauern meines Volkes berannte wie ein Wilder, in großen Ehren aufgenommen werden, die ersehnte Wärme versammelter Hundeleiber werde mich umströmen, hochgezwungen würde ich auf den Schultern meines Volkes schwanken. Merkwürdige Wirkung des ersten Hungers. Meine Leistung erschien mir so groß, daß ich aus Rührung und aus Mitleid mit mir selbst dort in dem stillen Gebüsch zu weinen anfing, was allerdings nicht ganz verständlich war, denn wenn ich den verdienten Lohn erwartete, warum weinte ich dann? Wohl nur aus Behaglichkeit. Immer nur, wenn mir behaglich war, selten genug, habe ich geweint. Danach ging es freilich bald vorüber. Die schönen Bilder verflüchtigten sich allmählich mit dem Ernsterwerden des Hungers, es dauerte nicht lange und ich war, nach schneller Verabschiedung aller Phantasien und aller Rührung, völlig allein mit dem in den Eingeweiden brennenden Hunger. »Das ist der Hunger«, sagte ich mir damals unzähligemal, so als wollte ich mich glauben machen, Hunger und ich seien noch immer zweierlei und ich könnte ihn abschütteln wie einen lästigen Liebhaber, aber in Wirklichkeit waren wir höchst schmerzlich Eines, und wenn ich mir erklärte: »Das ist der Hunger«, so war es eigentlich der Hunger, der sprach und sich damit über mich lustig machte. Eine böse, böse Zeit! Mich schauert, wenn ich an sie denke, freilich nicht nur wegen des Leides, das ich damals durchlebt habe, sondern vor allem deshalb, weil ich damals nicht fertig geworden bin, weil ich dieses Leiden noch einmal werde durchkosten müssen, wenn ich etwas erreichen will, denn das Hungern halte ich noch heute für das letzte und stärkste Mittel meiner Forschung. Durch das Hungern geht der Weg, das Höchste ist nur der höchsten Leistung erreichbar, wenn es erreichbar ist, und diese höchste Leistung ist bei uns freiwilliges Hungern. Wenn ich also jene Zeiten durchdenke – und für mein Leben gern wühle ich in ihnen – durchdenke ich auch die Zeiten, die mir drohen. Es scheint, daß man fast ein Leben verstreichen lassen muß, ehe man sich von einem solchen Versuch erholt, meine ganzen Mannesjahre trennen mich von jenem Hungern, aber erholt bin ich noch nicht. Ich werde, wenn ich nächstens das Hungern beginne, vielleicht mehr Entschlossenheit haben als früher, infolge meiner größeren Erfahrung und besseren Einsicht in die Notwendigkeit des Versuches, aber meine Kräfte sind geringer, noch von damals her, zumindest werde ich schon ermatten in der bloßen Erwartung der bekannten Schrecken. Mein schwächerer Appetit wird mir nicht helfen, er entwertet nur ein wenig den Versuch und wird mich wahrscheinlich noch zwingen, länger zu hungern, als es damals nötig gewesen wäre. Über diese und andere Voraussetzungen glaube ich mir klar zu sein, an Vorversuchen hat es ja nicht gefehlt in dieser langen Zwischenzeit, oft genug habe ich das Hungern förmlich angebissen, war aber noch nicht stark zum Äußersten, und die unbefangene Angriffslust der Jugend ist natürlich für immer dahin. Sie schwand schon damals inmitten des Hungerns. Mancherlei Überlegungen quälten mich. Drohend erschienen mir unsere Urväter. Ich halte sie zwar, wenn ich es auch öffentlich nicht zu sagen wage, für schuld an allem, sie haben das Hundeleben verschuldet, und ich konnte also ihren Drohungen leicht mit Gegendrohungen antworten, aber vor ihrem Wissen beuge ich mich, es kam aus Quellen, die wir nicht mehr kennen, deshalb würde ich auch, so sehr es mich gegen sie anzukämpfen drängt, niemals ihre Gesetze geradezu überschreiten, nur durch die Gesetzeslücken, für die ich eine besondere Witterung habe, schwärme ich aus. Hinsichtlich des Hungerns berufe ich mich auf das berühmte Gespräch, im Laufe dessen einer unserer Weisen die Absicht aussprach, das Hungern zu verbieten, worauf ein Zweiter davon abriet mit der Frage: »Wer wird denn jemals hungern?« und der Erste sich überzeugen ließ und das Verbot zurückhielt. Nun entsteht aber wieder die Frage: »Ist nun das Hungern nicht eigentlich doch verboten?« Die große Mehrzahl der Kommentatoren verneint sie, sieht das Hungern für freigegeben an, hält es mit dem zweiten Weisen und befürchtet deshalb auch von einer irrtümlichen Kommentierung keine schlimmen Folgen. Dessen hatte ich mich wohl vergewissert, ehe ich mit dem Hungern begann. Nun aber, als ich mich im Hunger krümmte, schon in einiger Geistesverwirrung immerfort bei meinen Hinterbeinen Rettung suchte und sie verzweifelt leckte, kaute, aussaugte, bis zum After hinauf, erschien mir die allgemeine Deutung jenes Gespräches ganz und gar falsch, ich verfluchte die kommentatorische Wissenschaft, ich verfluchte mich, der ich mich von ihr hatte irreführen lassen, das Gespräch enthielt ja, wie ein Kind erkennen mußte, freilich mehr als nur ein einziges Verbot des Hungerns, der erste Weise wollte das Hungern verbieten, was ein Weiser will, ist schon geschehen, das Hungern war also verboten, der zweite Weise stimmte ihm nicht nur zu, sondern hielt das Hungern sogar für unmöglich, wälzte also auf das erste Verbot noch ein zweites, das Verbot der Hundenatur selbst, der Erste erkannte dies an und hielt das ausdrückliche Verbot zurück, das heißt, er gebot den Hunden nach Darlegung alles dessen, Einsicht zu üben und sich selbst das Hungern zu verbieten. Also ein dreifaches Verbot statt des üblichen einen, und ich hatte es verletzt. Nun hätte ich ja wenigstens jetzt verspätet gehorchen und zu hungern aufhören können, aber mitten durch den Schmerz ging auch eine Verlockung weiter zu hungern, und ich folgte ihr lüstern, wie einem unbekannten Hund. Ich konnte nicht aufhören, vielleicht war ich auch schon zu schwach, um aufzustehen und in bewohnte Gegenden mich zu retten. Ich wälzte mich hin und her auf der Waldstreu, schlafen konnte ich nicht mehr, ich hörte überall Lärm, die während meines bisherigen Lebens schlafende Welt schien durch mein Hungern erwacht zu sein, ich bekam die Vorstellung, daß ich nie mehr werde fressen können, denn dadurch müßte ich die freigelassen lärmende Welt wieder zum Schweigen bringen, und das würde ich nicht imstande sein, den größten Lärm allerdings hörte ich in meinem Bauche, ich legte oft das Ohr an ihn und mußte entsetzte Augen gemacht haben, denn ich konnte kaum glauben, was ich hörte. Und da es nun zu arg wurde, schien der Taumel auch meine Natur zu ergreifen, sie machte sinnlose Rettungsversuche, ich begann Speisen zu riechen, auserlesene Speisen, die ich längst nicht mehr gegessen hatte, Freuden meiner Kindheit –, ja, ich roch den Duft der Brüste meiner Mutter –, ich vergaß meinen Entschluß, Gerüchen Widerstand leisten zu wollen, oder richtiger, ich vergaß ihn nicht; mit dem Entschluß, so als sei es ein Entschluß, der dazu gehöre, schleppte ich mich nach allen Seiten, immer nur ein paar Schritte und schnupperte, so als möchte ich die Speise nur, um mich vor ihr zu hüten. Daß ich nichts fand, enttäuschte mich nicht, die Speisen waren da, nur waren sie immer ein paar Schritte zu weit, die Beine knickten mir vorher ein. Gleichzeitig allerdings wußte ich, daß gar nichts da war, daß ich die kleinen Bewegungen nur machte aus Angst vor dem endgültigen Zusammenbrechen auf einem Platz, den ich nicht mehr verlassen würde. Die letzten Hoffnungen schwanden, die letzten Verlockungen, elend würde ich hier zugrunde gehen, was sollten meine Forschungen, kindliche Versuche aus kindlich glücklicher Zeit, hier und jetzt war Ernst, hier hätte die Forschung ihren Wert beweisen können, aber wo war sie? Hier war nur ein hilflos ins Leere schnappender Hund, der zwar noch krampfhaft eilig, ohne es zu wissen, immerfort den Boden besprengte, aber in seinem Gedächtnis aus dem ganzen Wust der Zaubersprüche nicht das Geringste mehr auftreiben konnte, nicht einmal das Versehen, mit dem sich die Neugeborenen unter ihre Mutter ducken. Es war mir, als sei ich hier nicht durch einen kurzen Lauf von den Brüdern getrennt, sondern unendlich weit fort von allen, und als stürbe ich eigentlich gar nicht durch Hunger, sondern infolge meiner Verlassenheit. Es war doch ersichtlich, daß sich niemand um mich kümmerte, niemand unter der Erde, niemand auf ihr, niemand in der Höhe, ich ging an ihrer Gleichgültigkeit zugrunde, ihre Gleichgültigkeit sagte: er stirbt, und so würde es geschehen. Und stimmte ich nicht bei? Sagte ich nicht das Gleiche? Hatte ich nicht diese Verlassenheit gewollt? Wohl, ihr Hunde, aber nicht um hier so zu enden, sondern um zur Wahrheit hinüber zu kommen, aus dieser Welt der Lüge, wo sich niemand findet, von dem man Wahrheit erfahren kann, auch von mir nicht, eingeborenem Bürger der Lüge. Vielleicht war die Wahrheit nicht allzuweit, und ich also nicht so verlassen, wie ich dachte, nicht von den anderen verlassen, nur von mir, der ich versagte und starb.

Doch man stirbt nicht so eilig, wie ein nervöser Hund glaubt. Ich fiel nur in Ohnmacht, und als ich aufwachte und die Augen erhob, stand ein fremder Hund vor mir. Ich fühlte keinen Hunger, ich war sehr kräftig, in den Gelenken federte es meiner Meinung nach, wenn ich auch keinen Versuch machte, es durch Aufstehen zu erproben. Ich sah an und für sich nicht mehr als sonst, ein schöner, aber nicht allzu ungewöhnlicher Hund stand vor mir, das sah ich, nichts anderes, und doch glaubte ich, mehr an ihm zu sehen als sonst. Unter mir lag Blut, im ersten Augenblick dachte ich, es sei Speise, ich merkte aber gleich, daß es Blut war, das ich ausgebrochen hatte. Ich wandte mich davon ab und dem fremden Hunde zu. Er war mager, hochbeinig, braun, hie und da weiß gefleckt und hatte einen schönen, starken forschenden Blick. »Was machst du hier?« sagte er. »Du mußt von hier fortgehen.« »Ich kann jetzt nicht fortgehen«, sagte ich, ohne weitere Erklärung, denn wie hätte ich ihm alles erklären sollen, auch schien er in Eile zu sein. »Bitte, geh fort«, sagte er, und hob unruhig ein Bein nach dem anderen. »Laß mich«, sagte ich, »geh und kümmere dich nicht um mich, die anderen kümmern sich auch nicht um mich.« »Ich bitte dich um deinetwillen«, sagte er. »Bitte mich aus welchem Grund du willst«, sagte ich. »Ich kann nicht gehen, selbst wenn ich wollte.« »Daran fehlt es nicht«, sagte er lächelnd. »Du kannst gehen. Eben weil du schwach zu sein scheinst, bitte ich dich, daß du jetzt langsam fortgehst, zögerst du, wirst du später laufen müssen.« »Laß das meine Sorge sein«, sagte ich. »Es ist auch meine, sagte er, traurig wegen meiner Hartnäckigkeit, und wollte nun offenbar mich aber vorläufig schon hier lassen, aber die Gelegenheit benützen und sich liebend an mich heranzumachen. Zu anderer Zeit hätte ich es gerne geduldet von dem Schönen, damals aber, ich begriff es nicht, faßte mich ein Entsetzen davor. »Weg!« schrie ich, um so lauter, als ich mich anders nicht verteidigen konnte. »Ich lasse dich ja«, sagte er langsam zurücktretend. »Du bist wunderbar. Gefalle ich dir denn nicht?« »Du wirst mir gefallen, wenn du fortgehst, und mich in Ruhe läßt«, sagte ich, aber ich war meiner nicht mehr so sicher, wie ich ihn glauben machen wollte. Irgendetwas sah oder hörte ich an ihm mit meinen durch das Hungern geschärften Sinnen, es war erst in den Anfängen, es wuchs, es näherte sich und ich wußte schon, dieser Hund hat allerdings die Macht dich fortzutreiben, wenn du dir jetzt auch noch nicht vorstellen kannst, wie du dich jemals wirst erheben können. Und ich sah ihn, der auf meine grobe Antwort nur sanft den Kopf geschüttelt hatte, mit immer größerer Begierde an. »Wer bist du?« fragte ich. »Ich bin ein Jäger«, sagte er. »Und warum willst du mich nicht hier lassen?« fragte ich. »Du störst mich«, sagte er, »ich kann nicht jagen, wenn du hier bist.« »Versuche es«, sagte ich, »vielleicht wirst du noch jagen können.« »Nein«, sagte er, »es tut mir leid, aber du mußt fort.« »Laß heute das Jagen!« bat ich. »Nein«, sagte er, »ich muß jagen.« »Ich muß fortgehen, du mußt jagen«, sagte ich, »lauter Müssen. Verstehst du es, warum wir müssen?« »Nein«, sagte er, »es ist daran aber auch nichts zu verstehen, es sind selbstverständliche, natürliche Dinge.« »Doch nicht«, sagte ich, »es tut dir ja leid, daß du mich verjagen mußt, und dennoch tust du es.« »So ist es«, sagte er. »So ist es«, wiederholte ich ärgerlich, »das ist keine Antwort. Welcher Verzicht fiele dir leichter, der Verzicht auf die Jagd oder darauf, mich wegzutreiben?« »Der Verzicht auf die Jagd«, sagte er ohne Zögern. »Nun also«, sagte ich, »hier ist doch ein Widerspruch.« »Was für ein Widerspruch denn?« sagte er, »du lieber kleiner Hund, verstehst du denn wirklich nicht, daß ich muß? Verstehst du denn das Selbstverständliche nicht?« Ich antwortete nichts mehr, denn ich merkte – und neues Leben durchfuhr mich dabei, Leben wie es der Schrecken gibt –, ich merkte an unfaßbaren Einzelheiten, die vielleicht niemand außer mir hätte merken können, daß der Hund aus der Tiefe der Brust zu einem Gesange anhob. »Du wirst singen«, sagte ich. »Ja«, sagte er ernst, »ich werde singen, bald, aber noch nicht.« »Du beginnst schon«, sagte ich. »Nein«, sagte er, »noch nicht. Aber mach dich bereit.« »Ich höre es schon, obwohl du es leugnest«, sagte ich zitternd. Er schwieg. Und ich glaubte damals, etwas zu erkennen, was kein Hund je vor mir erfahren hat, wenigstens findet sich in der Überlieferung nicht die leiseste Andeutung dessen, und ich versenkte eilig in unendlicher Angst und Scham das Gesicht in der Blutlache vor mir. Ich glaubte nämlich zu erkennen, daß der Hund schon sang, ohne es noch zu wissen, ja mehr noch, daß die Melodie, von ihm getrennt, nach eigenem Gesetz durch die Lüfte schwebte und über ihn hinweg, als gehöre er nicht dazu, nur nach mir, nach mir hin zielte. – Heute leugne ich natürlich alle derartigen Erkenntnisse und schreibe sie meiner damaligen Überreiztheit zu, aber wenn es auch ein Irrtum war, so hat er doch eine gewisse Großartigkeit, ist die einzige, wenn auch nur scheinbare Wirklichkeit, die ich aus der Hungerzeit in diese Welt herübergerettet habe, und sie zeigt zumindest, wie weit bei völligem Außer-sich-sein wir gelangen können. Und ich war wirklich völlig außer mir. Unter gewöhnlichen Umständen wäre ich schwerkrank gewesen, unfähig, mich zu rühren, aber der Melodie, die nun bald der Hund als die seine zu übernehmen schien, konnte ich nicht widerstehen. Immer stärker wurde sie: ihr Wachsen hatte vielleicht keine Grenzen und schon jetzt sprengte sie mir fast das Gehör. Das Schlimmste aber war, daß sie nur meinetwegen vorhanden zu sein schien, diese Stimme, vor deren Erhabenheit der Wald verstummte, nur meinetwegen; wer war ich, der ich noch immer hier zu bleiben wagte und mich vor ihr breitmachte in meinem Schmutz und Blut? Schlotternd erhob ich mich, sah an mir hinab; so etwas wird doch nicht laufen, dachte ich noch, aber schon flog ich, von der Melodie gejagt, in den herrlichsten Sprüngen dahin. Meinen Freunden erzählte ich nichts, gleich bei meiner Ankunft hätte ich wahrscheinlich alles erzählt, aber da war ich zu schwach, später schien es mir wieder nicht mitteilbar. Andeutungen, die zu unterdrücken ich mich nicht bezwingen konnte, verloren sich spurlos in den Gesprächen. Körperlich erholte ich mich übrigens in wenigen Stunden, geistig trage ich noch heute die Folgen.

Meine Forschungen aber erweiterte ich auf die Musik der Hunde. Die Wissenschaft war gewiß auch hier nicht untätig, die Wissenschaft von der Musik ist, wenn ich gut berichtet bin, vielleicht noch umfangreicher als jene von der Nahrung, und jedenfalls fester begründet. Es ist das dadurch zu erklären, daß auf diesem Gebiet leidenschaftsloser gearbeitet werden kann als auf jenem, und daß es sich hier mehr um bloße Beobachtungen und Systematisierungen handelt, dort dagegen vor allem um praktische Folgerungen. Damit hängt zusammen, daß der Respekt vor der Musikwissenschaft größer ist als vor der Nahrungswissenschaft, die erstere aber niemals so tief ins Volk eindringen konnte wie die zweite. Auch ich stand der Musikwissenschaft, ehe ich die Stimme im Wald gehört hatte, fremder gegenüber als irgendeiner anderen. Zwar hatte mich schon das Erlebnis mit den Musikhunden auf sie hingewiesen, aber ich war damals noch zu jung. Auch ist es nicht leicht, an diese Wissenschaft auch nur heranzukommen, sie gilt als besonders schwierig und schließt sich vornehm gegen die Menge ab. Auch war zwar die Musik bei jenen Hunden das zunächst Auffallendste gewesen, aber wichtiger als die Musik schien mir ihr verschwiegenes Hundewesen, für ihre schreckliche Musik fand ich vielleicht überhaupt keine Ähnlichkeit anderswo, ich konnte sie eher vernachlässigen, aber ihr Wesen begegnete mir von damals an in allen Hunden überall. In das Wesen der Hunde einzudringen, schienen mir aber Forschungen über die Nahrung am geeignetsten und ohne Umweg zum Ziele führend. Vielleicht hatte ich darin Unrecht. Ein Grenzgebiet der beiden Wissenschaften lenkte allerdings schon damals meinen Verdacht auf sich. Es ist die Lehre von dem die Nahrung herabrufenden Gesang. Wieder ist es hier für mich sehr störend, daß ich auch in die Musikwissenschaft niemals ernstlich eingedrungen bin und mich in dieser Hinsicht bei weitem nicht einmal zu den von der Wissenschaft immer besonders verachteten Halbgebildeten rechnen kann. Dies muß mir immer gegenwärtig bleiben. Vor einem Gelehrten würde ich, ich habe leider dafür Beweise, auch in der leichtesten wissenschaftlichen Prüfung sehr schlecht bestehen. Das hat natürlich, von den schon erwähnten Lebensumständen abgesehen, seinen Grund zunächst in meiner wissenschaftlichen Unfähigkeit, geringer Denkkraft, schlechtem Gedächtnis und vor allem in dem Außerstandesein, das wissenschaftliche Ziel mir immer vor Augen zu halten. Das alles gestehe ich mir offen ein, sogar mit einer gewissen Freude. Denn der tiefere Grund meiner wissenschaftlichen Unfähigkeit scheint mir ein Instinkt und wahrlich kein schlechter Instinkt zu sein. Wenn ich bramarbasieren wollte, könnte ich sagen, daß gerade dieser Instinkt meine wissenschaftlichen Fähigkeiten zerstört hat, denn es wäre doch eine zumindest sehr merkwürdige Erscheinung, daß ich, der ich in den gewöhnlichen täglichen Lebensdingen, die gewiß nicht die einfachsten sind, einen erträglichen Verstand zeige, und vor allem, wenn auch nicht die Wissenschaft so doch die Gelehrten sehr gut verstehe, was an meinen Resultaten nachprüfbar ist, von vornherein unfähig gewesen sein sollte, die Pfote auch nur zur ersten Stufe der Wissenschaft zu erheben. Es war der Instinkt, der mich vielleicht gerade um der Wissenschaft willen, aber einer anderen Wissenschaft als sie heute geübt wird, einer allerletzten Wissenschaft, die Freiheit höher schätzen ließ als alles andere. Die Freiheit! Freilich, die Freiheit, wie sie heute möglich ist, ist ein kümmerliches Gewächs. Aber immerhin Freiheit, immerhin ein Besitz. –